Francis Ponge
O objeto em jogo

Leda Tenório da Motta

FRANCIS PONGE
O OBJETO EM JOGO

FAPESP

ILUMINURAS

Copyright © 1999:
Leda Tenório da Motta

Copyright © desta edição:
Editora Iluminuras Ltda.

Capa:
Fê
sobre *Copos e Jornal* (1913), técnica mista, Georges Braque. Coleção particular.

Foto da página 4:
Francis Ponge no balcão do *Action*. Paris, outono de 1945.
Foto de Robert Doisneau.

Revisão:
Rose Zuanetti

Filmes de capa:
Fast Film - Editora e Fotolitos

Composição e filmes de miolo:
Iluminuras

ISBN: 85-7321-115-6

Apoio cultural:
dialdata internet systems

Cet ouvrage, publié dans le cadre du programme de participation à la publication, bénéficie du soutien du Ministère Français des Affaires Etrangères, de l'Ambassade de France au Brésil et du Consulat Général de France à São Paulo.

Este livro, publicado no âmbito do programa de participação a publicação, contou com o apoio do Ministério Francês das Relações Exteriores, da Embaixada da França no Brasil e do Consulado Geral da França em São Paulo.

2000
EDITORA ILUMINURAS LTDA.
Rua Oscar Freire, 1233 - CEP 01426-001 - São Paulo - SP - Brasil
Tel.: (0xx11)3068-9433 / Fax: (0xx11)282-5317
E-mail: iluminur@iluminuras.com.br
Site: http://www.iluminuras.com.br

ÍNDICE

APRESENTAÇÃO 13

O OBJETO NA PONTA DA LÍNGUA 23

SEM POESIA NÃO HÁ REALIDADE E VICE-VERSA 37

QUANDO EU DIGO QUE... QUERO DIZER... OU MELHOR47

PONGE & BORGES 67

POEMAS
O cavalo (*Le cheval*) 83
A rã (*La grenouille*) 89
O plátano (*Le platane*) 91
O lilás (*Le lilas*) 93
A forma do mundo (*Le forme du monde*) 97
A grama (*L'herbe*) 99
O camarão à toda (*La crevette dans tous ses états*) 101

REFERÊNCIAS BIBLIOGRÁFICAS 105

BIOGRAFIA MÍNIMA 109

SOBRE A AUTORA 111

Para o Celso Vieira de Souza

Agradecimentos

À Fapesp, pelo apoio à publicação.

Ao Ministério Francês das Relações Exteriores, Embaixada da França no Brasil e Consulado Geral da França em São Paulo, igualmente subvencionadores.

Ao poeta Christian Prigent, especialista em Ponge e seu amigo, por aceitar escrever a "orelha" deste livro.

A Inácio Araújo, que já falava em Ponge nos anos setenta.

Dont la première sort de corde
Tandis que l'autre évaquant les funérailles
Signifie souillé par la mort

∴

Dans la mémoire sensible tout se confond
Et cela est bien
Car enfin qu'est-ce que l'araignée?
Sinon l'entéléchie l'âme immédiate
Commune à la bobine au fil à la toile
A la chasseresse et à son linceul

∴

Pourtant la mémoire sensible
Est aussi cause de la raison
Et c'est pourquoi de funus à funus
Il faut remonter ~~xxxxxxxxxxx~~
A partir de cet amalgame
Jusqu'à la cause première

∴

Mais une raison qui ne lâcherait pas en route le sensible
Ne serait-ce pas cela la poésie
Une sorte de syl-lab-logisme ?
Résumons-nous.

Trecho de "L'araignée", Le grand Recueil, *de Francis Ponge,*

APRESENTAÇÃO

> "Nada é mais jubiloso do que a constante insurreição das coisas contra as imagens que lhes impomos. As coisas não aceitam ficar quietas como as imagens."
>
> "Entretien avec Breton et Reverdy"/*Méthodes*

Virtuose precocemente cansado, que passa ao ato como quem diz que o poeta pode fazer mais do que simplesmente versos, Rimbaud propõe-se, nos seus dezessete anos, a um posto parisiense de recrutamento de insurretos, na época da Comuna, a título de aderente provincial. As costas voltadas, desde então, para a literatura, muito embora, paradoxalmente, a correspondência africana represente a parte mais extensa de sua obra, ele começa a pôr aí em prática a sublime lição do *"bateau ivre"*: fazer-se um explorador desgovernado.

Sempre interessado, nos seus setenta anos, em tudo o que se passa em volta, Valéry, que também faz mais do que só versos, mede forças com as autoridades da Ocupação. E assim, apesar do racionamento do papel e da censura, consegue publicar *Mauvaises Pensées*, no difícil ano de 1942, enquanto se apressa em terminar *Regards sur le monde actuel*. Uma imensa exploração secular, como indica o título, e um testamento de escritor. Suficientemente comprometido para desfazer qualquer impressão de recolhimento ou tendência final contemplativa que a tradução, no mesmo momento, das *Bucólicas* de Virgílio — "um pouco pueris", ele se dá conta, à releitura[1] — nos possa eventualmente transmitir. Em suas considerações a respeito da tradução a que se dedica tardiamente, Valéry põe-se, de fato, a tratar das relações de Virgílio com o poder em Roma, que ele, Virgílio,

---

1) Em depoimento a seu editor, transcrito nas "Notas" sobre o texto, na edição Gallimard-Pléiade de 1975, v. I, p. 1.710.

louva, no afã de recuperar suas terras, as mesmas que o poema canta, nota o comentador.

Nem Rimbaud nem Valéry, fora da possibilidade de continuar fazendo versos como qualquer outra coisa, Paul Celan suicida-se em Paris, nos seus quase cinqüenta anos, no dia 20 ou 21 de abril de 1970. Com esse gesto que não é gesto de escritura rubricando, inevitavelmente, para nós póstumos, sua poesia-sepultura: hermética, quase muda, tanática. A poesia possível depois de Auschwitz, quase que somos tentados a dizer: representação possível da catástrofe na forma de catástrofe da representação.

Deixar a literatura e viver no mundo — o que Borges, de maneira diferentemente sublime, vai inverter, vivendo apenas na postulação da irrealidade: *"Sentir que la vigilia es otro sueno/ Que suena no soñar..."*[2] —, seguir vivendo com um pé no mundo e o outro na literatura, deixar o mundo e a literatura... Que mundo de fato habitam ou abandonam os que falam desde mundos de papel?

Em relação a todas as respostas possíveis, tão diferentes no enfrentamento do silêncio de morte que ronda a modernidade, em sua aguda experiência de não-passagem entre os dois mundos fechados, o das palavras e o das coisas, Francis Ponge, do alto de sua ironia impassível, que poderíamos chamar ainda, sem traí-lo, riso amarelo, parece tomar a mais desconcertante das distâncias.

Não apenas ele declina, desde que começa a se entender por "poeta", tratamento que, aliás, também renega, testemunhar sobre seu tempo, e abraçar quaisquer causas, e os usos das muitas causas por estas formações de nome militar que são as vanguardas, mas nenhuma linha sua, nenhum gesto, desde meados dos críticos anos 40, no início dos quais sai *Le Parti Pris des Choses*, tem mais a ver com coisa alguma que não a única coisa, para ele, finalmente, grave: palavras[3].

Feitas, aliás, para desmentir o partido que defende, mas só para melhor jogar com uma causa perdida, o título de seu mais conhecido livro. O partido em questão sendo, é inútil dizer, insustentável. Não

---

2) Jorge Luis Borges, "Arte poética", *El hacedor*.

3) Embora haja ainda ecos do pensamento político e do engajamento pessoal de Ponge em favor dos comunistas em *La rage de l'expression*, publicado em Lausanne, pelo editor Mermod, em 1952, depois de anos de hesitação quanto ao conteúdo. Mas note-se que os desconcertantes textos ali inseridos constituem uma produção escrita entre 1938 e 1944, principalmente entre 40 e 44, o que confirma o silenciamento de que falamos.

há coisas no partido pongiano das coisas, por mais simples que sejam, e este é um mundo de reivindicada simplicidade, que não, de saída, traumatizantes. Isto é, por demais reais, inacessíveis ao testemunho, indizíveis. Ponge gostaria de preferi-las, no entanto, ao homem.

O homem, a história do homem, as questões do homem, idéias e sentimentos — "o espírito e o coração", nos diz numa seção de *Métodos*[4], "o humanismo todo", retoma noutra seção — em princípio, não lhe interessam. "Esse sistema de valores que herdamos de Jerusalém, de Atenas, de Roma, que sei eu? Que cingiu recentemente o planeta inteirinho. Segundo o qual, o homem estaria no centro do universo, nada mais seria de que o campo de sua ação, o lugar de seu poder. Belo poder, belas ações, com efeito: temos tido amostras disso tudo nos últimos tempos." Nesses termos ele descarta o "papel social" da poesia, ele que foi resistente ativo, no sul francês, sob a Ocupação. Numa das muitas entrevistas ali recolhidas, dada a uma rádio francesa no pós-guerra, por sinal ao lado de André Breton e Pierre Reverdy, com quem troca idéias, na oportunidade, mas com cujo programa, pelos motivos expostos, ele nunca se entendeu de fato. Ele que não passou por nenhum surrealismo juvenil, o que a idiossincrasia de seu registro, o idioleto de que faz uso, também deixa ler[5].

É ensaiando escapar dessa "idéia gloriosa" do homem a respeito de si mesmo que não lhe valeu evitar os desastres em que se envolveu, antes pelo contrário, os promoveu, que *Le parti pris des choses* trata de pôr os objetos os mais costumeiros[6], os mais aparentemente vãos, os mais propositalmente baixos, os mais fisicamente parte da natureza no lugar "quase divino" por ele ocupado. "O mundo mudo é nossa única pátria", diz o título de uma outra seção do mesmo *Métodos*, levantando, contra os ruídos da civilização "declinante", os objetos dos três reinos: bichos, plantas, pedras. Que interesse podem ter em

---

4) *"Le murmure"*, *Méthodes*, p. 192. Tradução sempre minha, salvo menção contrária. Referências editoriais no final deste volume, p. 103.

5) *"Entretien avec Breton e Reverdy"*, *Méthodes*, p. 292. Desde sempre, os surrealistas lhe pareceram levar uma vida sem riscos, como confidencia Ponge a Philippe Solllers, durante a série de entrevistas que o crítico reunirá em livro, em 1970.

6) Não seria talvez ocioso lembrar o interesse que Borges, tradutor de Ponge, também atribui às coisas costumeiras. Ele que escreve num poema de *Luna de enfrente*, *"Casi Juicio Final"*: *"He dicho assombro donde otros dicen solamente costumbre"*. Até porque enfrentamos as relações Ponge-Borges no final deste volume.

processos de reprodução, ou no tempo, coisas como os cristais naturais, que, em sua "solidez de matéria mineral", nos diz ele, "se sabem quase eternos"[7]? É com coisas dessa ordem que Ponge lida, ou quer lidar. É com elas que ele quer atingir, no sentido de demolir, a vida do espírito. É isso que explica a extraordinária ausência de História em seus textos.

Nessa troca de armas, assumida numa tonalidade "inimitável", ao mesmo tempo "grave e leve", como, com razão, observava Jacques Derrida em Cerisy-la-Salle[8], tudo é bom para ele: um engradado de frutas, por exemplo, desses que vão para o mercado, reluzindo "com o brilho sem vaidade do pinho branco", uma rã que dispara de uma poça na relva encharcada, indo parar sob os pés do poeta, como uma "Ofélia desengonçada", uma azeitona, sobre cujo oval perfeito ele é capaz de exclamar, o que fala por si só das extensões de seu partido, ou do tipo de ancoragem na suposição da realidade ali em jogo: "que pode haver de mais ingênuo, no fundo, que uma oliva?"(!)[9].

Tudo que não lembre filósofos — o que é tão mais interessante quanto Ponge seduz a gente da filosofia, da solidão em que se posta, com sua anotação do espetáculo da vida exterior, sua comoção contra o homem subjetivo. E um último a comentá-lo recentemente, depois de Bernard Groethuysen, de Sartre, que lhe abre espaço no primero número da revista Les temps modernes[10], de Henri Maldiney e de Derrida, é a helenista Barbara Cassin[11]. "Se eu prefiro La Fontaine, a mais ínfima fábula, a Schopenhauer ou Hegel", escreve Ponge, em texto endereçado a Camus, contra todos esses representantes do metiê, sem temer que La Fontaine e suas fábulas sejam pueris, "eu bem sei por quê"[12].

É que os filósofos, para o poeta que ele é, maníaco da assinatura,

---

7) *"Des cristaux naturels"*, *Méthodes*, p. 201.

8) Em discurso feito em 1975 diante de uma platéia em que se encontra o próprio Ponge, primeiro publicado em volume que coleta as interverções e debates, depois em edição bilíngüe nos Estados Unidos, em 1984, depois na França, em volume intitulado *Signéponge*. Citamos a partir da edição francesa da Seuil, p. 44.

9) O poema *"Le cageot"* ("O engradado") é do livro *Le parti pris des choses*, *"La grenouille""* ("A rã") e *"L'olive"* ("A azeitona"), de *Pièces*.

10) Ponge publica ali *"Notes premières de l'homme"*, texto do mesmo ano do lançamento da revista, 1945, depois inserido em *Proêmes*.

11) Em ensaio aqui traduzido com o título "Consenso e criação de valores - O que é um elogio?", inserido no volume intitulado *Gregos, bárbaros e estrangeiros*.

12) *"Pages bis"*, *Proêmes*, 193.

ou como a chama, "contra-assinatura" (já que tudo que pretende é rubricar cada objeto), têm a desvantagem de não porem nunca um ponto final no que escrevem, de não poderem nunca assinar o que escrevem, já que trabalham com abstrações e generalidades, que, não bastasse, avolumam seus escritos: "Diria que a filosofia me parece vir da literatura, como um de seus gêneros... E que, em matéria de gêneros, prefiro outros. Menos voluminosos. Menos tominosos. Menos volumenpluritominosos..." (*"volumenplusieurstomineux"*)[13]. Pior que isso, eles não têm nunca novas verdades sobre o seu homem, embora tenham revirado o tema de cabeça para baixo (*"c'est un sujet qui est fouillé jusque dans ses recoins"*)[14].

Mas revirar um outro mundo — ainda que tenha bastado para deixá-lo à sombra dos acontecimentos por décadas na França literária, antes que uma famosa conversa radiofônica com Philippe Sollers, depois transformada em livro, o levasse à consideração da "nova crítica",[15] e em que pese a insolência de certas declarações peremptórias, do tipo "as idéias não sou o meu forte"[16] — nem por isso salva Ponge das armadilhas do humano, ou como ele mesmo diz, da eterna roda (*"manège"*) da linguagem. Em suma, de sua

---

13) *"Pages bis"*, *Proêmes*, p. 195.

14) Idem, p. 213.

15) Trata-se de doze entrevistas gravadas em casa de Philippe Sollers, com o apoio de técnicos do Office de la Radio-Télévision Française, na seqüência difundidas pela rádio France Culture, entre abril e maio de 1967, e posteriormente publicadas em livro, em 1970. Na sua curta apresentação, Sollers sublinha que todas as discussões se colocam "sob o signo da recusa (pongiana) da qualificação de poeta". A primeira seção gravada intitula-se, assim, não por acaso: "Condições do trabalho de alguém que chamamos ainda de poeta". Mas note-se também que, sempre igual a si mesmo, vale dizer, arredio, Ponge não tardará em desentender-se com Sollers, que o acompanha desde os anos 60, quando assiste às suas aulas na Aliança Francesa de Paris e insere poemas seus no primeiro número da *Tel Quel* (1960), repudiando rapidamente o discurso *telquelien*.

16) Fórmula com que se abre o carnê de notas *My creative method* que, por sua vez, abre *Métodos*. Trato dela mais de uma vez neste livro. A notar que não faltaram comentadores inclinados a ver nessa declaração um conformismo do poeta. Não mexer com idéias seria... deixá-las como estão. Daí a ver na defesa pongiana do latim (de que trato no primeiro ensaio deste livro) outra marca de conservadorismo é um passo. Daí a ver no elogio de Malherbe, poeta neoclássico, outro sinal de reacionarismo é outro passo... Tudo logo nos conduziu à acusação, certamente equivocada, de gaulismo, pela qual enveredaram alguns, nos anos 90. Cf., por exemplo, o artigo de Bruno Cavy no dossiê *"Ponge, 26 fois"* da Revista *Action poétique*, n. 153-154, de nov. de 1999.

crise. A recalcitrância, a introspecção das coisas mesmas com que o poeta escolhe trabalhar — e é essa resistência que é para ele fascinante, porque significa que coisas sólidas não podem ser puxadas de um lado para o outro, como se puxa o sentido das coisas imateriais, ditas profundas — é inerente ao "partiprismo". Ora, ela reabre a ferida da interioridade.

Os singelos objetos pelos quais se trocavam as infinitas complicações antropocêntricas da pauta antiga, por mais que sejam motivos de júbilo (*"objoie"*: condensação de objeto e alegria) para seu observador, são também, ele não cessa de verificar, "monstros de circunspeção".[17] O que é possível dizer até mesmo de um particularmente ínfimo, um camarão que evolui na confusão marinha, para evocar outro exemplar pongiano, dos mais recorrentes nesta poética, tirado das reservas litorâneas do *midi* provençal da infância do escritor. Todo o problema sendo que a circunspeção dá-se infinitamente... à interpretação.

Da anotação dos simples fatos, de um estudo cuja inspiração lhe vem, não dos colegas de ofício, mas dos pintores da Escola de Paris, todos eles fabricantes de geometrias, com olho para materialidades plásticas — Cézanne, Braque, Picasso e tantos outros de que fala no *Atelier Contemporain* e, em que pese o título, em *Lyres* — somos pois devolvidos aos vagos metafísicos, que era ponto de honra evitar. Do comedimento — que, em literatura, Ponge só encontra no passado, nos bons imitadores da natureza, cultores da clareza e da lição das coisas como Malherbe e La Fontaine, gigantes a que, só às vezes, lhe ocorre equiparar Mallarmé — voltamos às desmesuras, ao mundo desnaturado.

Não só o mundo mudo, onde cada ser se recusa terminantemente a fazer o papel sujo da metáfora, que é de servir para todas as associações, não é verdadeiramente abordável por debaixo do lastro, da amplitude, da profusão das formas, que são como telas encobridoras, biombos (*"écran"*, palavra das mais investidas pelo poeta), camadas que não terminam nunca de levar ao cerne, ao coração dos objetos, mas ainda a linguagem "sórdida" (outra palavra predileta) com que é forçoso abordá-los, vincada pelo espírito e pelo coração, joga igualmente sobre eles o véu de sua própria

---

17) *"Lieu de la saliloque"*, *"La crevette dans tous ses états"*, *Pièces*, p. 31.

aparência, os traços de sua própria inconsistência, sua verdade própria. Nem os objetos, em seus compostos de qualidades — seu excesso traumatizante de realidade — transparecem, nem as palavras, em sua verdade de falta, sua reportagem marcada pelo sujeito, poderiam, em seu plano, fazê-los transparecer. Eis aí, portanto, outro assunto impossível. Com o agravante de ser bem esse o assunto de eleição.

E eis porque só resta ao poeta — na verdade, é isto que é mais digno de nota em Ponge — falar a partir de dois lugares. O que ele faz envolvendo em sua paixão, de que não se demove, o seu fracasso. Ou tomando também o partido de suas dificuldades, um partido em sentido contrário ao *Parti pris*, que ele chama, e o título diz tudo: *La rage de l'expression*[18]. Como traduzi-lo: raiva, impulso, ímpeto, paixão, capricho, gana de dizer?

Com este segundo, temos os objetos respirando por conta própria... e *A respiração artificial* (*La respiration artificielle*), outro nome possível, é o próprio Ponge quem nos explicará, mais tarde, para a sua situação. O que, na prática, redunda em objetos que misturam todas as ordens, que assumem a sua própria lógica e a do meio linguageiro que os suporta, o que redunda ainda numa natureza que faz milagres — e o que é o contrário do natural! Objetos de que uma ilustração seria a andorinha, habitante, como tudo que se pretende vivente, pétreo ou real em Ponge, de um mundo-livro, cheio de capítulos de literatura fantástica: "Cada andorinha incansavelmente se precipita — infalivelmente se exerce — na assinatura, segundo a espécie, dos céus./ Pluma acerada, molhada na tinta azul-escuro, com que rapidez *te* escreves!"[19].

Do homem, de que não se poderá dizer portanto, já que há passada de tinta e mistura de gêneros, numa palavra, escritura, que não está na obra — ainda que sejam cada vez mais raros, desde *Douze petits écrits*, que é dos anos 20, textos como, no *Parti pris des choses*, "Le restaurant Lemeunier rue de la Chaussée d'Antin", ou em *Pièces*, "*La maison paysanne*" ou "*Fabri ou le jeune ouvrier*", em que é possível encontrar pessoas, alguma sociedade humana — os espécimes

---

18) Ver aqui mesmo nota 3.

19) *"Les hirondelles ou dans le style des hirondelles"*, *Pièces*: *"Chaque hirondelle inlassablement se précipite — infailliblement elle s'exerce — dans la signature, selon l'espèce, des cieux./ Plume acéréee, trempé dans l'encre belu-noir, tu t'écris vite!".* Grifo de Ponge.

pongianos trazem a assinatura e o humor. O constrangimento verbal e a investida que o derruba: o senso do *nonsense*. Por isso o derrisório das *"Notes premières de l'homme"*, em *Proêmes*, continuadas em *Pour un malherbe*, ao mesmo tempo um diário íntimo ou uma porta de entrada para o abismo interior e uma volta a este tópico da lírica clássica que é a eternidade da obra, ou a visão da poesia como monumento, postulada contra o movimento da própria vida.

Ponge é um virtuosístico pintor de objetos, um genial visualista. Com um olho que não se deixa toldar pelos vapores internos da alma, como já se observou[20]. Tão mais interessado nessa sua tarefa de pintor quanto entende que, em literatura, ninguém nunca se pôs a observar objetos de muito perto, ninguém nunca soube, por issso mesmo, dizer as coisas mais elementares a respeito de nenhum[21]. Assim, os seus objetos serão minuciosos de realidade. Objetos de um verdadeiro *expert*, de quem João Cabral de Melo Neto, dos poucos a conhecê-lo entre nós, junto com Haroldo de Campos, tem razão de dizer que "gira as coisas nos dedos", ou "gira ao redor das coisas"[22]. É mais ou menos o que diz Picasso, que o comenta, e que ele também comenta, em seus escritos de *salonnier*, de comentador de exposições, para quem a grandeza de um Braque[23], por exemplo, está em nunca ter querido suplantar a realidade[24].

Há acuidade, aprofundamento, precisão, percuciência, *insights* impressionantes nesse campo — como o de que a matéria da casca do camarão é quase a da unha humana[25], ou o de que as sementes do figo são grãos de ouro na geléia púrpura da massa interna[26] — disseminados nos muitos volumes, em torno de 15, de uma poesia que se realiza, do mesmo golpe, como crítica, ou que ao trabalho do olhar acrescenta uma reflexão sobre maneiras de olhar, em literatura como em pintura. Tudo isso ocorrendo numa espécie de prosa,

---

20) Jacques Reda, *"En épelant Francis Ponge"*, *La Sauvette*. Lagrasse: Editions Verdier, 1995, p. 101.
21) *"Introduction au galet"*, *Proêmes*, p. 173.
22) No poema "O sim contra o sim", de *Serial*. Ponge entra ainda em João Cabral, em epígrafe, em *Museu de tudo e depois*.
23) Que assina a capa da primeira edição de *Le parti pris des choses*.
24) *"Braque Japon"*, *Lyres*.
25) Ver nossa tradução de um extrato de *"La crevette dans tous ses états"* no final deste volume.
26) *Comment une figue de paroles et pourquoi.*

materializada quase sempre em linha tipográfica, com todo o peso do verso rompido (toda a resistência aos alexandrinos, tão franceses), como em Mallarmé, mas que, no caso, incursiona francamente pela dissertação, de resto, com narrador capcioso. Prosa fraturada, que, ainda por cima, reivindica não ser mais que prólogo ou pincelada — *"proême"* e *"pochade"* ("proêmio" e "esboço", este último, um termo das artes plásticas) — e constitui-se, por isso também, num dos fraseados mais inquietantes da literatura francesa neste século, depois do de Proust, que lhe serve de intertexto, como já se notou[27], e do de Céline, que Ponge não cita, *et pour cause*.

Mas Ponge é ainda, por luxo, e por falar em humor (e em Picasso, e em Braque), capaz de frustrar seus objetos picturáveis, de desrealizá-los, à força, justamente, de girar em volta deles, de querer fazê-los falar e de falar por eles, de fazer deles sua razão de viver feliz — já que o poeta pratica a arte classicista francesa de obedecer à natureza — e infeliz — já que o objeto é também a razão da *"rage"*. Já que, além de concentração, há emoção, além de aplicação, perturbação. É em nome da emoção e da perturbação, acrescente-se que ele vai tomar a providência, em 1975, em Cerisy, de desfazer-se de mais uma etiqueta, a de cubista, que alguns quiseram lhe pregar: não há cubos nem em Ponge nem no cubismo[28].

Como Proust com sua catedral — Proust que dizia que não era romancista, o que Ponge *deslê*, nos dizendo que não é poeta — ele é, enfim, principalmente, capaz de girar em círculo, ou de girar em falso. E não bastasse, de retirar algum contentamento de seu passo em falso, o que é possível, nos explica, não forçando nota nenhuma, nem a da nostalgia de absoluto, nem a do sentimento de derrota, mas mantendo-se, do modo o mais "airoso" (*plaisant*), num certo distanciamento, ou ficando "no "relativo", isto é, "no absurdo"[29]. Acirramento do sentimento romântico de perda da ligação com a natureza, como não fica difícil perceber, o que esse absurdo recupera, juntamente com o velho homem, é o riso, ou ao menos o sorriso, insista-se.

O homem com um sorriso cético pregado nos lábios, digamos. Sorriso certamente na origem do interesse por Ponge, além dos

---

27) Bernad Veck, "L' Intertexte: Proust", *Francis Ponge ou les refus de e' absolu litéraire*.
28) *"Ponge inventeur et classique"*, *Colloque de Cerisy*, p. 417.
29) *"Pages bis"*, *Proêmes*, pp. 181-182.

filósofos seus escoliastas e da refinada escola crítica que sai do grupo de Sollers, e inclui Gérard Genette, de escritores como Borges, aliás seu tradutor, e Calvino, para quem ele é um clássico obrigatório.

No centenário do nascimento, a finalidade deste livrinho estará cumprida se ele conseguir despertar aqui, onde quase tudo está por ser traduzido, e muito poucos sabem da importância de Ponge, parte do interesse que desperta hoje, dentro e fora da França, o poeta "que não tem parada" (*Francis Ponge qui n'a de cesse*, assim o chamava o autor de uma das comunicações em Cerisy)[30]. O mais dividido dos "*language poets*", que é como o vêem alguns (bons) manuais[31]. O mais *sui generis*, o mais insólito representante daquilo que alguns têm chamado, evocando ainda René Char, André du Bouchet, Henri Michaux e Yves Bonnefoy, e não sem entrar em interessante atrito com a idéia de uma poesia da linguagem, de "*poésie du lieu*"[32].

Pela violência (mais uma palavra querida) de sua dupla inserção, Francis Ponge suporta, eventualmente, estes e outros pertencimentos. E pode perfeitamente figurar nos manuais por um motivo ou pelo outro — poeta do lugar ou do lugar da poesia — ao lado dos grandes contemporâneos. Mas melhor que tentar assim pacificá-lo, em prejuízo de sua infinita ironização dos partidos, talvez fosse preferível tomar o caminho contrário, e chamá-lo, simplesmente, como ele nos autoriza, por toda parte, aliás, a fazer, de seguidor fora de moda do *Grand Siècle*. Cultor, por arcaísmo deliberado (ou seria desesperado?), do século em que Malherbe, vindo para reinventá-la, ousou pôr toda a poesia, todo o surto lírico da *Pléiade*, em posição de linguagem ordinária.

É assim também que, maníaco da toalete intelectual, Ponge tende a ver, ao longo do presente século, o que se passa, poeticamente, em volta. Na ousadia de uma tal deserção residindo toda a diferença. Suficiente para fazê-lo dizer de si, na abertura de um poema em que resume a luta de seus partidos, como um perfeito e extemporâneo *honesto homem*: "A que calma no desespero eu consegui chegar..."[33]

---

30) Jean Tortel. Cf. op. cit.
31) Cf. Mary Ann Caws, "*Lieu de la poésie, poésie du lieu*", Denis Hollier (org.). *De la littérature française*. Paris: Bordas, 1993.
32) Idem, ibidem.
33) "*Fragments de masque*", *Proêmes*, p. 150.

O OBJETO NA PONTA DA LÍNGUA

"Ele é o lustre da confusão.
E também um monstro de introspecção.
E a exemplo seu, o poeta em épocas de perturbação."
"La crevette dans tous ses états"/*Pièces*

Dizer o objeto: eis o projeto do poeta que, nascido quase com o século, que seu nascimento e morte quase arredondam (1899-1988), com o século se retira.

Francis Ponge: "poeta dos objetos". Se a fórmula começa a adquirir, desde os anos 60, com toda a força mas também a impostura que isso envolve, certa ressonância de lugar-comum[1], são de tal modo incomuns os objetos de que se trata no caso, e o modo como são tratados, que talvez caiba dizer que temos aí o mais importante poeta francês ao menos da segunda metade do século. Já que na primeira vive Valéry. Que Ponge, visivelmente, e não sem angústia, busca eclipsar.

Ponge está, de resto, suficientemente atento ao que o circunda, a literatura em volta lhe parecendo um barulho — o mesmo Valéry aparecendo algo "*poseur*", como é possível, senão forçoso, inferir do adágio pongiano "as idéias não são o meu forte"[2], como ainda, aliás, de dois ou três ataques bem mais frontais ao autor de *Charmes*[3] — para arcar, por isso também, com o peso de sua especial posição, acima das correntes de força e solitária. Ele não se dedica, assim, ao mundo exterior que quer obsessivamente inventariar sem nos lembrar

---

1) Como nota, de saída, em sua preciosa introdução ao autor, Marcel Spada, que assina, em 1974, para a coleção "*Poètes d'aujourd'hui*" da Seghers, um *Francis Ponge*.
2) "*My creative method*", *Méthodes*.
3) Bem repertoriados por Bernard Veck em "*Les idées: Valéry*", op. cit.

o quanto esse mundo está ausente de toda a poesia em vigor, o quanto o que se dá por poesia não é poesia, porque se tornou um formulário, a parte do homem, a linguagem do homem, posta no lugar do inventário. O que o faz ainda ver o movimento surrealista da forma a mais sardônica.

O incomum da proposta sendo aqui, de par com o caráter obsedante, ou o "gosto violento" em jogo, para dizer como Ponge[4], a provocadora troca de sonho implicada na troca de alvo, o sonho da referência no lugar do sonho da expressão, ou a busca de outro impossível. Como o próprio poeta admite: "é uma atitude do *Parti pris des choses*. Essa sensibilidade para as coisas como tais, se me permitem"[5]. Na desconsideração da utopia mesma da modernidade, que é a recriação do mundo pelo poder da linguagem. Até prova em contrário, estamos, com o autor de *Le part pris de choses*, expressamente, e tanto quanto isso é possível, a salvo do efeito de linguagem.

Estamos em plena ilusão da objetividade, ilusão eternamente alimentada, muito embora também sempre descontentada, o que torna a insistência nos objetos ainda mais formidável. Estamos longe das rupturas estéticas que no pós-simbolismo se sucedem, querendo reformar o mundo com ideologias, via pregação. A ponderável distância do "como" que insufla os muitos "ismos", num "o que" abrupto, sem garantias artísticas e/ou doutrinárias quaisquer. Antes de mais nada, sem metafísica, já que os objetos são aqui putativos, chamados a discursar independentemente de qualquer dúvida sobre se existiriam, e em que condições. Mas principalmente longe das filosofias, mesmo a Fenomenologia, com seu ponto de partida desde os objetos em si, provavelmente compatível com o ponto de mira pongiano, como notaram alguns, a começar por Sartre, num texto clássico, de 1944, "*L'homme et les choses*"[6]. Uma vez que, para o gosto de Ponge, ainda que ele tome o cuidado de ler os filósofos, e ainda que os tenha por bons amigos, as idéias são sempre "epifenômenos", os sistemas filosóficos, por mais bem montados que sejam, sempre causam um "enjôo" ("*écoeurement*"), isto é, ao contrário de gosto, desgosto, um nojo associável àquele que

---

4) "*Les berges de la Loire*", *La eage de l'expression*, p. 258.
5) *Méthodes*, p. 271.
6) Originalmente publicado em *Les temps modernes*, ele é inserido em *Situations I*.

provocam os escritores com sua maneira de "arranjar em poema seus achados"[7].

Não há sugestão na poesia de Francis Ponge. Ou não existe a aura da enunciação, o apelo à outra língua, à poética (o Verbo, o Verso, a Palavra Total). Vale dizer flerte algum com alguma idéia de sopro ou insuflação poética. Há, sim, ênfase no enunciado, perseguição ao texto sem marca, pelo menos airosa, de autoria, de tal forma que um modelo de texto contrapoético possível é, neste caso, o verbete de dicionário ou enciclopédia, desde que revisto e melhorado: fulminante em suas definições, sensual em suas descrições[8].

E há, decorrente disso tudo, como que uma prosa, uma sintaxe, um acirramento das possibilidades do verso branco e livre, agora tornado frase. Há uma franca e estranha evolução, no mais das vezes por parágrafos, arrasadora dos usos da tradição, perturbadora dos ouvidos formados nas harmonias da grande lírica francesa, a que se filia Valéry. Uma contraperformance que passa longe da musicalidade, valor dos valores simbolistas, a que até mesmo os homens de Breton, passado o fogo, não tardam a se render, revertidos, no momento oportuno, em vates do Amor e da Resistência. Uma forma de anotação não lírica, que Ponge espera seja para o leitor surpreendente, a que ele chama eventualmente, escrevendo com maiúscula, "Nota"[9]. Dicção anticlímax de que um exemplo prático pode ser esta seqüência-tipo, vertida em enfiada sintagmática, de um poema do livro *Pièces*, intitulado, não por acaso, já que o título vale por uma profissão de fé no mundo dito, por toda parte, "o mundo mudo","*La parole étouffée sous les roses*" ("A palavra sufocando sob rosas"): "É demais chamar uma moça de Rosa, é querê-la sempre nua ou em vestido de baile, quando, perfumada por tantas danças, radiante, comovida, molhada, ela enrubesce, perolante, a cara em fogo debaixo de lustres de cristal; colorida como um brioche dourado no forno para a eternidade"[10].

Confiscando o metro, há, pois, o "*proême*" ("proema"), um dos

---

7) "*My creative method*", *Méthodes*, p. 10.
8) Idem, p. 11.
9) "*Caprices de la parole*", "*Natare piscem doces*", *Proêmes*, p. 143.
10) "*C'est trop d'appeler une fille Rose, car c'est la vouloir toujours nue ou en robe de bal, quand, parfumée par plusieurs danses, radieuse, émue, humide elle rougit, perlante, les joues en feu sous les lustres de cristal; colorée comme une biscotte à jamais dorée par le four.*"

recursos do "método" pongiano, uma de suas maneiras de investir sobre os objetos, de tal modo que sejam antes as palavras a se sentirem abafadas. Pelos seus efeitos de surdina poética, o "proema" é não apenas o problemático gênero, a indecidível forma dos textos encontráveis no volume *Proêmes* — em sua irregularidade, aliás, em boa medida, de prosa crítica, ou metacrítica, ou autocrítica (a sugerir, talvez, que a crítica é o gênero praticável na tardividade!) — mas, reivindicadamente, o da obra toda. Assim demarcada, mais que da linguagem ordinária, contra a qual escrevem os grandes poetas da modernidade, da linguagem mesma dos grandes poetas da modernidade.

Aqueles companheiros que, no instrumento verbal, buscaram, para citar Mallarmé, "notas correspondentes (aos objetos) em colorido ou porte (*"des touches y répondant en coloris ou en allure"*)[11]. Para Ponge, diferentemente do que se propala em *Crise de vers*, nome algum poderia estar à altura, ou poderia estar sempre à altura, do objeto. Nota instrumental nenhuma poderia exprimir seus movimentos, cores, porte. Nenhuma bela moça deveria chamar-se Rosa.

Mas há mais ainda sob essa estridente palavrinha, *"proême"*, introduzida em 1924, num texto curto dedicado a Groethuysen[12]. Ela repercute uma outra, em português "proêmio", saída, mais uma vez não por acaso, da arte da oratória, com o que já se sinaliza o abandono da estrofe. Ela é solidária do *"proemium"* latino, que nomeia o exórdio, o intróito, a entrada em discurso. Ela é, recuando mais um pouco, até os gregos, o exercício para os dedos a que se dedicam, antes de começar a cantar, os tocadores de lira. Ela é assim simples esquentamento, simples preparação, tem algo da simples menção: é um eterno adiamento. De alguma forma consignado no primeiro título cogitado para *Proêmes: Moments perdus*[13]. Tudo isso empresta, portanto, também, caráter unicamente introdutório à cosmogonia toda. Como adverte o próprio Ponge: "Proema: que meu trabalho seja uma contínua retificação de minha expressão"[14]. Tudo isso atribui

---

11) Mallarmé, *Crise de vers*, *Oeuvres complètes*. Paris: Gallimard-Pléiade, 1945, p. 364.

12) Cf. Bernard Beugnot, *Poétique de Francis Ponge*, p. 52.

13) Título que Ponge anuncia em carta a Jean Paulhan, citada por Bernard Beugnot, *Poétique de Francis Ponge*, p. 63.

à obra toda estatuto de simples variante de um texto, no limite, inexeqüível. Texto de que uma das melhores ilustrações poderia ser o livro *"Comment une figue de paroles et pourquoi"* ("Como um figo de palavras e por que"), onde o poema do mesmo nome, dos últimos, aliás, de Ponge, vai se escrevendo aos poucos, não sem solavancos, por infinitas retomadas do anterior: *"la figue est..."*, *"la figue est..."* O que, a horas tantas, faz o poeta querer pôr fim ao desespero: "La figue est grise et molle" ("Oh ça va!") ("O figo é cinzento e mole" ("Já chega!")[15]. Em suma, como notou Henry Maldiney, tudo isso põe a obra toda sob o regime do "eternamente incoativo")[16]. Para seu maior efeito de estranho.

Do "proema", espera-se, então, primeiro, que não passe com trejeitos, a ciranda das convenções poéticas, o peso todo da tradição, por cima do que realmente importa, os objetos. Que em Ponge soem ser os mais comuns: "os que constituem o universo familiar dos homens de nossa sociedade, na nossa época"[17]. Segundo, que não cometa a afronta (*sic*) de dá-los por acabados. Pois "podemos interpretá-los de todas as maneiras, eles permanecerão eternamente disponíveis para a interpretação"[18]. É o caso, ainda, do poema do sabão: "trabalho que, apesar das numerosas tentativas, nunca levei a cabo"[19].

Daí as metamorfoses do objeto pongiano, ou o objeto desfeito, as muitas caras do objeto, a exemplo das deste minúsculo representante

---

14) *La rage de l'expression*, p. 17.

15) Veja-se no trecho inteiro o belo efeito de repetição: *"La figue est grise et molle (Oh ça va!). La figue est une pauvre gourde. Pauvre petite massue. Pauvre petite gourde et grise et molle église campagnarde. Il y figure un autel scintillant. La pourpre et l'or à l'autel intérieur de la figue figurent la graine d'or parsemée dans la confiture de pourpre; y craque sous la dent."* ("O figo é cinzento e mole (Já chega!") O figo é uma cucurbitácea bobona. Pobre pequena coisa massuda. Figura no figo um cintilante altar. A púrpura e o ouro no altar interior do figo figuram o grão de ouro semeado na geléia de púrpura. Crocante.") A notar, de fato, que "*gourde*" tem a intraduzível vantagem de remeter, para além das plantas cucurbitáceas, a uma expressão coloquial, algo assim como "bobona".

16) Henry Maldiney, *Le legs des choses dans l'oeuvre de Francis Ponge*. p. 96.

17) Idem, Ibidem.

18) *"Tentative orale"*, *Méthodes*, p. 239.

19) Como explica o poeta, em 1964, a uma platéia de língua alemã, para a qual lê sua tradução do último estado em que é deixado *"Le savon"*, escrito durante a segunda guerra mundial, época em que o produto era racionado. A conferência feita nessa ocasião por Ponge está recolhida, originalmente, na abertura do volume *Le savon*.

do universo empírico animado, o camarão. Já assunto em *Le parti pris des choses*, ele é retomado "à toda", "no auge dos nervos", "fora de si", como nos autoriza a pensar o título, *"La crevette dans tous ses états"* (literalmente: "o camarão em todos os seus estados", o que se coaduna perfeitamente com as 10 tomadas ali genialmente empreendidas)[20] no volume *Pièces*, ao longo de nada menos que cinco seções e 12 páginas. Onde manifesta-se em aparições, alucinadas de tão hiperreais: "arqueado como um dedinho que sabe se portar, frasco, bibelô translúcido, caprichosa nave da família do capricórnio, de chassi vidrado contemplada com uma antena hipersensível e ultra-atenciosa, salão de festa, salão de espelhos, sanatório, elevador — curvo, malandro, de barriga vidrada, com um vestido que termina em cauda de paletas ou pontas peludas —, ele procede por saltos. Amigo, você tem órgãos de circunspeção demais. Eles ainda vão te pôr a perder".

Desembocando em vislumbres que tais, os "proemas" pongianos têm, noutras palavras, a pretensão, antes trêmula que decidida, é bem verdade, de captar, por assim dizer ao vivo, o mundo exterior contemplável. Ou de nos introduzir ao *aqui-agora*, ao *aí está*, ao *eis pois*, ao *toma*, ao *assim* das coisas. Em céleres porém decisivas "pinceladas", "esboços" — *"pochades"*, outro gênero predileto, outro coadjuvante da empresa em prosa, este emprestado do vocabulário das artes plásticas[21] — passadas de tinta cujo traço-relâmpago, cuja rápida execução, no calor da hora, pleiteia um exterior, por assim dizer, na ponta da língua.

Tudo se passa como se não houvesse (ou não pudesse haver?) intervalo entre o fenomenal e o sintático. Ou como se o mundo fosse para o homem, bem mais que seu objeto de posse, bem pior que seu assunto, um necessário contrapeso, sua condição de equilíbrio. Pois, de fato, o homem pongiano tem a alma transitiva, não gravita em torno de si mesmo, mas pede "um objeto que o afete, como seu complemento direto". A relação sendo, nos explica o poeta, "no acusativo". O que faz com que também o objeto nos tenha por alvo. E possa até mesmo nos alvejar. Como se pode depreender desta declaração, que suporta ser lida, se é que não pede para ser lida, da maneira mais violenta: *"Les objets sont en dehors de l'âme, bien*

---

20) Ver nossa tradução de extrato, em apêndice.
21) Veja-se o capítulo de *Méthodes* intitulado *"Pochades en prose"*.

sûr; pourtant, ils sont aussi notre plomb dans la tête". Leia-se, em sentido atenuado, que "os objetos estão do lado de fora de nossa alma, por certo; no entanto, pesam também como chumbo em nossa cabeça". Mas leia-se ainda, dramaticamente, o que a expressão *"plomb dans la tête"* suporta perfeitamente, que: "no entanto, são também como um tiro na nossa cabeça"[22].

A coisa a que o sujeito está assim compelido é o "outro" do sujeito, para Derrida. A "outra-coisa", nos diz ele, que ao poeta se endereça, sem palavras, atingindo-o na sua singularidade, na sua solidão. Um sujeito impossível, já porque não fala, uma pessoa intratável, um credor, que o deixa cada vez mais endividado, uma amante terrível, de que parte uma demanda insaciável. Pessoa tão mais tirânica quanto muda, o sujeito tendo até mesmo que lhe ditar as condições que ela lhe dita, de lhe dar a ordem que ela lhe dá: a ordem de falar[23]. Derrida tem tanto mais razão em ver assim as coisas quanto o poeta dos objetos é movido pela *"rage de l'expression"*: aquela gana, ímpeto, premência de dizer o que leva a peito. Sentimentos a que não é estranho o fato de ele sentir-se "refém" (*"otage"*) dos objetos, como diz que se sente: "Não podemos senão aumentar o mais possível o fosso que, nos separando não só dos literatos em geral, mas até mesmo da sociedade humana, nos mantém perto desse mundo mudo de que somos aqui, um pouco, como os representantes (ou os reféns)"[24].

Não fica difícil entender, em vista disso, que o objeto não pode ser dito da maneira como o poeta o diria. Mas da maneira como ele próprio é, da maneira como ele próprio se diria... se falasse. Tomar uma árvore, fazê-la falar, que poeta, que escritor não poderia, perguntava-se, aliás, a propósito do drama pongiano, Maurice Blanchot, em *La part du feu*. Dando razão a Blanchot, Ponge, especialista em vegetações (pinhais, prados, florestas...) de toda espécie (seria porque a Montpellier natal ostenta o mais antigo Jardim de Plantas da França?), e treinado observador de árvores, que florescem por toda parte em seus escritos, designará o plátano de

---

22) *"L'Objet, c'est la poétique"*. De 1962, este texto, cujo título retoma uma expressão de Braque, está inserido no *Nouveau Recueil* das obras de Ponge pela Gallimard, de 1967, que se soma ao *Grand Recueil*, de 1961.

23) Jacques Derrida, *Signéponge*, pp. 19-20.

24) *Méthodes*, p. 289.

Valéry como falsa coisa. Por abuso de direito de sua parte. Porque o poeta, autocentrado, ocupa ali o lugar da coisa, faz a árvore representá-lo, ser sua alegoria, falar por ele. A coisa só conseguindo, assim, dizer "eu sou uma ode". Quando o autor do *Dialogue de l'arbre*, ele também amante da natureza, faria melhor se a soubesse ouvir, se a deixasse dizer: "eu sou uma árvore"[25].

Ao poema *"Au platane"*, de *Charmes*, cuja primeira publicação é de 1918, época da primeira guerra, portanto, o volume *Pièces* contrapõe, de fato, um *"Le platane"*, que começa, avança e termina parodiando o recusado mestre. Que Ponge não hesita em desafiar, por toda parte: "As poesias de Valéry me parecem o que já disse delas (...) o que eu acho é que ali onde Mallarmé produz um efeito de cristal (enfim, eu não sei se o cristal é uma coisa bem-sucedida ou não; para mim ele é), pois bem, Valéry me parece fazer o efeito do vidro soprado, em relação, de um lado, a Mallarmé, de outro, a certos textos em prosa do mesmo Valéry, que guardam, evidentemente, sua importância, como *La soirée avec Monsieur Teste* e aqueles textos que encontramos hoje em seus *Carnets...*"[26].

É assim armado contra a grande tradição que Ponge ensaia, de início, uma invocação, réplica à valeriana. Mas a sua tinge-se de contrafeito patriotismo, que lembra oficialidade: *"Tu borderas toujours notre avenue française"* ("Para sempre margearás nossa avenida francesa") contra *"Tu penches, grand platane, et te proposes nu"* (Te inclinas, grande plátano, e te propões desnudo"). Depois, deixa a apóstrofe, sistemática no caso dos versos de *Charmes*, e o clamor por liberdade, para regressar ao descritivismo, que é seu desafio de amante posto à prova. E, seco como é seco o tronco de que nos fala, reacomoda o plátano na condição de vegetal: *"pour ta simple membrure et ce tronc clair, qui se départit sèchement de la platitude des écorces"* ("simplesmente porque és membrudo e porque tens esse tronco claro, que seco se despoja da rasura de tua casca...") contra *"Blanc como um jeune scythe,/ Mais ta candeur est prise, et ton pied retenu/ Par la force du site."* ("Claro como um jovem cita,/

---

25) Como nota Bernard Veck. É a Veck que Ponge confidencia, enfrentando, desta vez, expressamente, Valéry, em depoimento do ano de 1981: "é preciso fazer alguma coisa que se pareça realmente com um plátano, e não com qualquer outra árvore, como acontece com o texto de *Charmes*". Cf. op. cit., p. 89.
26) Philippe Sollers/Francis Ponge, *Entretiens*, pp. 34-35.

Mas tua candura está presa, teu pé se apega/ Ao sítio"). Observe-se por último o duplo sentido a que se presta a linha que finaliza o poema: "À *perpetuité l'ombrage du platane*" ("Para todo o sempre a sombra do plátano"). A sombra bem podendo ser a de Valéry.

Neste partido apaixonadamente inintelectual, dizer o objeto é, repita-se, abster-se de poesia que o exceda, controlar-se como um admirador intimidado e solícito. É mais ou menos essa a torturante tarefa de que Ponge não cessa de se desimcumbir pela sua longa vida, quase centenária, afora. Ele que, como lembra um dos tradutores para o português de Portugal, já escreve a certo amigo, em 1941 (*Le parti pris des choses* publica-se pela primeira vez um ano mais tarde): "Não se trata de forma nenhuma do nascimento de um poema, mas antes de um esforço contra a poesia"[27]. E não exatamente por gosto do paradoxo, quando se sabe que, em 1952, onze anos passados desde então, ele confirma, em *La rage de l'expression*, livro em que, a um só tempo, endossa e intranqüiliza seu partido: "a minha questão é mais científica do que poética"[28]. Declaração que resume esta outra, do diário do final dos anos 40, "*My creative method*", com que se abre *Méthodes*, e em que aliás se trata do "*proême*": "Proema: No dia em que quiserem admitir como sincera e *verdadeira* a declaração que faço a todo instante de que não me quero poeta, que utilizo o magma poético, *mas* para me desembaraçar dele, que eu tendo mais para a convicção do que para os charmes (charmes, o título de Valéry!), que se trata para mim de chegar a fórmulas *claras e impessoais/* me darão muito prazer/ economizarão muita discussão ociosa a meu respeito etc.". E acrescente-se que, no mesmo diário, logo a seguir, encontramos ainda esta outra: "... a poesia não me interessa enquanto tal, porque o que se chama atualmente poesia é o magma analógico bruto. A analogia é interessante, mas menos do que as diferenças"[29]. (O que não impedirá certas analogias verbais de entrarem, no calor da hora, como coadjuvantes na difícil tarefa de "perscrutar" ["*scruter*"] os objetos, antecipemos.)[30]

"Diferença" oposta aqui à "magma analógico" repete a oposição

---

27) Leonor Nazaré, "Nota Introdutória" em Francis Ponge, *O caderno do Pinhal*. Lisboa: Hiena Editora, 1984.
28) *La rage de l'expression*, p. 281.
29) *Méthodes*, pp. 40-41. Grifos de Ponge.
30) *La rage de l'expression*, p. 258.

ciência-poesia, que tende a se resolver, justamente, no proema. A mesma pluma que descarta o poeta e o filósofo convoca, pois, o cientista. Mobiliza o observador — chamado *"expérimentateur"* ("pesquisador"), e manipulador de provetas (*"éprouvettes"*) no poema *"Le lilas"* ("O lilás")[31] — que é o poeta. Mais interessado no espetáculo da vida que se propõe do... sujeito para fora. O que explica a precisão, a clareza, a isenção, o rigor pretendidos. Ponge, de resto, tanto mais quer chegar a fórmulas límpidas quanto mais parte da obviedade, da maravilhosa justeza, da fina engenharia, relojoaria, geometria, impacto físico dos objetos de seu desejo.

Mas é tempo de ressaltar que nem toda a poesia se perde nessa afirmação da ciência pelo proema. Que a briga de Ponge, como a de todo grande poeta, é também com o seu tempo. O que explica sua maneira de saudar Lautréamont, ainda que veja nele, junto com Rimbaud, Valéry e o Mallarmé *de Igitur*, uma inclinação para o quebra-cabeça filosófico: "pássaro de tremenda envergadura, espécie de enorme coruja melancólica, de condor ou vampiro dos Andes (...) pousado na Rue Vivienne, no bairro da Biblioteca Nacional", assim o descreve ele, magnificamente, fazendo-o pairar sobre todos os livros, inclusive os de poesia, podemos pensar. Para melhor atribuir-lhe, ato contínuo, a função de grande inquietador que também reivindica para si: "Abram Lautréamont! E é toda a literatura que se revira como um guarda-chuva!"[32].

Não é toda a poesia, é a qualidade oracular de que certa poesia se dotou, o mais-dizer dos discursos figurais, que redunda para ele num não-dizer, que Ponge está visando. Mas ele não descarta Valéry, nem o grupo de Breton, nem Claudel, nem os revolucionários do *Nouveau roman*, com os quais chega a ser grosseiramente confundido, sem convocar, em compensação, Boileau, Malherbe, La Fontaine. Um pequeno e estarrecedor séquito seiscentista, de artistas como Ponge gosta, "comedidos" (*"mesurés"*). Em meio ao qual se destaca Malherbe, cuja revolução em nome da ordem, discrição, equilíbrio, senso da medida, amor da natureza lhe convém.

Eis pois o acadêmio poeta neoclássico, para pasmo das dissidências que conturbam o século, que o poeta não hesita em chamar, em

---

31) Aqui traduzido, em apêndice.
32) *Méthodes*, pp. 203-204. A menção ao quebra-cabeça filosófico está em *Proêmes*, pp. 195-196.

alguma parte, "o século das latas de sardinha", no centro de uma obra pongiana dos anos 60, tão *pós*: *Pour un malherbe*[33]. Pondo-a, mais que fora de seu tempo, numa fantasmada intemporalidade. Ditando-lhe regras de estilo Luís XIV: os padrões da verossimilhança, as leis da representação a mais fiel ao representado. Enquanto, em volta, enlouquecem as metáforas a cargo da geração saída de *dada*.

É todo um imaginário do texto como eterno — comum a todo projeto literário, por certo, mas aqui significado com anacrônica singularidade — que o livro termina por desvelar. Graças à atribuição de estatuto de objeto, em paridade com os objetos naturais, inclusive os mais pétreos, os mais inanimados, às produções clássicas, imitadoras da natureza. Acompanhemos Ponge neste trecho dos mais conhecidos, entre iniciados, de seu *Malherbe*: "Com ou sem razão, não sei bem por quê, considerei sempre, desde minha infância, que os únicos textos válidos eram os que podiam ser inscritos na pedra; os únicos textos cuja assinatura (ou contra-assinatura) poderia dignamente aceitar, os que pudessem *não* ter nenhuma assinatura; os que permanecessem ainda como objetos, postos entre os objetos da natureza: ao ar livre, ao sol, sob a chuva, ao vento. O que é, exatamente, o próprio das inscrições[34].

Modelo fantasmático, o poeta da aceitação da natureza, que é o tema mesmo da *Consolation à Monsieur Du Périer* ("*mais elle était du monde, où les plus belles choses on le pire destin*"; "mas ela era no mundo, onde as mais lindas coisas têm o pior dos fins"), tem o condão de oferecer versos "fundidos em pedra", verdadeiros registros legendários, que fazem de monumentos, tão concretos, para a história das artes, quanto as lápides ou as estelas funerárias. E, ainda, de tirá-los de um enorme rigor técnico, formulado, note-se a coincidência, contra as licenças dos poetas da *Pléiade*. O rigorismo, contemporâneo das primeiras empresas francesas do Dicionário, demandando, no caso, limpeza, pureza, simplicidade natural da língua.

Ora, reconduzindo-a para nosso século, a Ponge ocorre fazer dessa depuração, dessa vigilância de índole moralista antiga em relação às palavras, desse lugar por definição comum que é o patrimônio lingüístico — ambiente execrado pelos poetas, o *Monsieur-Tout-Le*

---

33) O volume desenvolve um *Malherbe par lui-même* encomendado pela Seuil para a coleção Écrivains de Toujours.

34) *Pour un malherbe*, 97. Grifo de Ponge.

Monde, de Marllarmé, o "Grande Outro" lacaniano, o oposto das infrações do estilo — mais um trunfo de sua antipoesia. Convencido de que, para erguer textos que fiquem, ao menos provisoriamente — de pé, sejam *"pochades"* ou *"proêmes"*, ainda que, num primeiro relance, o proema seja o contrário do monumento em pedra —, há que se recorrer a uma língua-monumento.

Nasce nesse ponto a defesa pongiana de um outro monumento, sobre o qual se firma o próprio francês: o latim. E com a apologia do latim, a do *Dictionnaire de la langue française* de Émile Littré. Trabalho a um só tempo de lexicógrafo e de "poeta", como Ponge não hesita em chamar aquele que é também um filósofo positivista[35], o *Littré* preside, com Malherbe, Boileau e La Fontaine, à revolta contra a contemporaneidade barulhenta, ou para dizê-lo de outro modo, à derrocada do espírito moderno, o da "ciranda" que se recusa. Dicionário etimológico, ele é um repositório do *"mot juste"*, porque acena com o primeiro movimento de designação de cada coisa, e assim, para Ponge, com a verdade. Ao dar o radical, que é o núcleo, o cerne, a parte dura, interior, de cada vocábulo, cada artigo está presentificando, pela sua força de contenção, aquilo mesmo que nomeia. Resultado: a nova poesia que quer aí se originar será tão estrita quanto cada objeto, e só assim poderá fazê-lo visível.

Senso estrito é realidade em Ponge "materialista semântico", para lembrar a fórmula de Philippe Sollers[36]. Mas diga-se ainda, na mesma ordem de considerações, que um outro possível horizonte imaginário dessa postulação semântico-realista que entroniza o latim e o *Littré* poderia ser a *Langue d'oc*. A língua bem de casa, a língua do lugar (*hoc*), a velha língua do sul provençal dos trovadores, da Aquitânia de Carlos Magno, do príncipe de Nerval... Tudo isso está na história da Montpellier da infância de Ponge occitão. No Languedoc francês — aliás evocado no poema *"Le platane"* ("O plátano")[37] — que é, inseparavelmente, uma língua e um país. Constituindo-se assim num belo exemplo, na ilustração perfeita de uma palavra que é uma coisa!

A origem de cada palavra, a primeira camada de sentido é que

---

35) *Méthodes*, p. 272.

36) *"Rupture et révolution culturelle. Un matérialsme sémantique. Le Pré. Onzième Entretien"*, *Entretiens*.

37) "Se não os podes direcionar, te arvoras o bastante para que um só sucedâneo deles valha o orgulhoso Languedoc".

faz o movimento transitivo da língua até a realidade sensível. Como aqui, onde uma mesma matriz, *"cavea"*, produz dois diferentes objetos, *"cage"* ("gaiola", "jaula") e *"cageot"* ("caixa", "engradado"), em presença de um terceiro, *"cachot"* ("cárcere"), este de outro tronco (*"coactare"*), mas solidário, os três se tornando, subitamente, mais palpáveis, quando o poeta nos surpreende com a lógica interna das acepções: *"À mi-chemin de la cage au cachot, la langue française a cageot, simple caissette à claire-voie vouée au transport de ces fruits qui de la moindre suffocation font à coup sûr une maladie"* ("A meio caminho entre gaiola e cárcere, a língua francesa tem caixote, simples caixa engradada devotada ao transporte desses frutos que ao menor sufocamento com certeza caem doentes")[38].

Existem achados, possibilidades expressivas no próprio léxico que convidam a ratificá-lo, a retraçá-lo tal qual, que fazem dos traços do poeta, do "proema", da "pincelada", traços como os de um sismógrafo. Registro que não se confunde, entretanto, com a escrita automática, já que tudo separa a mão de Ponge do delineado surrealista, o trânsito direto e o transporte, a tradução do mundo que vemos e a do que não vemos, este o da geração de Breton. Pintura do texto perfeito do mundo que se quer perfeita, a de Ponge é devedora de perfeições do próprio idioma, de um fundo castiço de palavras maravilhosamente adequadas, que é como um velho baú de preciosidades reencontrado. Como ele nos diz: "Me lembro que, quando eu era criança, meu pai tinha dicionários na sua biblioteca, e eu entrava lá dentro como se fosse dentro de uma mala cheia de tesouros, brincos, jóias, como se fosse a mala do marajá, o cofre de ouro, cheio de ouro"[3].[9]

Um *Thesaurus*, uma jazida arqueológica, cabedal tão propício, e tão perto, que, às vezes, é a própria maestria poética da língua que é problema."Talvez o que torne o meu trabalho mais difícil seja o fato de que o nome '*mimosa*' já é perfeito. Conhecendo o arbusto e o nome da mimosa, fica difícil encontrar algo melhor que o próprio nome para definir a coisa", lastima e comemora Ponge[40]. É, aliás, pelo mesmo motivo que o apelativo "rosa", igualmente mimético,

---

38) O poema *"Le cageot"* está em *Le parti pris des choses*.
39) *Méthodes*, pp. 271-272. Esta tradução modifica ligeiramente, para melhor, a que propunha em minha tradução do mesmo trecho de *Métodos* para a edição Imago de 1997.
40) *La rage de l'expression*, p. 309.

ou "mimoso", ou "mímico", não pode servir a mais nada ou ninguém que não à rosa. Só restando a quem escreve "contra-assinar" o objeto, rubricar a coisa.

"Raspe Hermógenes, você encontrará Crátilo", escrevia Genette, parafraseando Barrès, em *Mimologiques*, que aliás traz um capítulo sobre Ponge[41]. Resumindo com isso a tese central do livro, de que toda a poesia moderna, de alguma forma, se repete na verificação do desacordo entre as palavras e as coisas, e no gesto de refundação da língua em que o desacordo se dá. A essa refundação, que Mallarmé, e com ele Valéry e todo o simbolismo, atribuíam às estratégias motivantes do verso, podemos dar, com Genette, o nome de "viagem a Cratília". Já que é Crátilo, a personagem de Platão, que sustenta o ajuste, pela própria linguagem, da realidade com a realidade simbólica.

Ora, com Ponge, os termos da discussão, provocadoramente, se invertem. Sua tese antipoética instalando Hermógenes ali onde, antes, estava Crátilo. E Crátilo, a poesia, numa ambiência de novo gênero, antes prosa, reduto hermogenista, do que verso, cujo devaneio utópico, sonho de convergência, "demônio da analogia", "alquimia" verbal, acerto poético, enfim, não fica difícil, com os sinais trocados, reencontrar. O francês do Littré que Ponge tanto admira... são as vogais de Rimbaud. A língua-monumento, a estelas, a inscrição legendária... as "palavras inglesas" de Mallarmé.

Ponge revira Mallarmé — de que está longe de ser um seguidor, mas que invoca com certa freqüência em *Méthodes*, e homenageia em *Proêmes* — "Poeta, não para exprimir o silêncio./ Poeta, para encobrir as outras vozes surpreendentes do acaso"[42] — de ponta-cabeça.

Afinal, ele toma o partido de encontrar em casa, no quintal, aquilo tudo que Mallarmé, deplorando a falha da língua materna-madrasta — *"ombre"* ("sombra") é, pelo timbre, mais escuro que *"tenèbres"* ("trevas"), *"nuit"* ("noite") brilha "perversamente" mais do que *"jour"* ("dia")[43] — estava disposto, para "remunerar-se", a procurar no inglês!

---

41) Gérard Genette, *Mimologiques-Voyage en Cratylie*, p. 312.
42) *"Notes d'un poème (Sur Mallarmé)"*, *"Natare piscem doces"*, em *Proêmes*, p. 136.
43) Idem, ibidem.

SEM POESIA NÃO HÁ REALIDADE E VICE-VERSA

> "Que resultado é esse a que cheguei? Tanto esforço para me exprimir, tantas folhas, tantas anteparos, tantas palavras, e tudo o que consegui foi aumentar a proteção que me separava de meu coração. Porém, em alguma coisa desemboquei, numa espécie de primavera de palavras, algo de não muito volubilado, eu reconheço, soltei talos, folhas, enfim, cheguei a uma espécie de floresta na primavera. Que mais fazer para não ser totalmente vencido? Reconhecê-lo e, em vez de Coração, dizer Algumas Folhas."
>
> "Tentative orale"/*Méthodes*

Por toda parte em *Méthodes* — belo título irônico para uma deriva, já que o *método* é o caminho! — Francis Ponge demora-se na conjetura de um novo "gênero", "idioma", "jargão", "retórica", expediente poético enfim, capaz de vir alentar ainda o que ele chama, noutra parte, a "pós-revolução"[1].

É aliás a contingência de vir depois — depois do barulho das vanguardas literárias do começo do século, que vêm depois do "*esprit nouveau*" a que pertence Mallarmé, que dá sentido trágico — mas contornado pela administração da medida, mas corrigido pela prática do humor, e como! — aos descaminhos, no plural, de que se trata aqui. Neste, digamos, pois, então, indo de encontro ao título do *desnorteante* livro que, desde 1961, quando sai como segundo tomo do tríptico *Le grand recueil* da Gallimard, numa primeira organização

---

1) Na seção "*Notes premières de 'l'homme'*" de *Proêmes*.

da obra — uma segunda é o *Nouveau recueil* do final dos anos 60, uma terceira, dirigida pelo especialista Bernard Beugnot, uma edição *Pléiade*, recém-lançada, em 1999, no ano do Centenário — reúne uma produção esparsa, dos anos de uma certa travessia pongiana do deserto, os 40.

No início dos quais, para desconcerto de uma França literária sempre pensativa e, na circunstância, sob Ocupação, ele faz publicar os 32 poemas curtos deste volume de enganadora singeleza (por ora inédito em português do Brasil, salvo algumas peças esparsas traduzidas, entre outros, pioneiramente, por Haroldo de Campos e por Julio Castañon Guimarães): *Le parti pris des choses*[2]. Onde prescinde não apenas dos belos sentimentos — aqueles de que falam os grandes poetas do amor e da pátria, e a época apresenta uma certa quantidade deles — mas de qualquer tese filosófica, moral, estética, política ou outra. Com o que somos remetidos, entre outras coisas, só aparentemente descomplicadas e indignas, no sentido literário, à beira do mar, ao mar, a conchinhas e camarões, ao ciclo das estações, ao rio Sena, a amoras, pedras, pedregulhos e borboletas...

É na tomada desse partido, que é assim como uma aprovação da natureza, uma espécie de cosmogonia, ou de *De natura rerum*, ou de *De varietate rerum*, como nos explica, imbuído de toda a gravidade, o próprio Ponge, que se demora, principalmente, *Métodos*. Variedade de textos de circunstância — carnês de viagens, apontamentos, conferências, espécies de poemas, várias entrevistas — nem por isso datados, muito pelo contrário — de que a presente tradução brasileira oferece uma seleta. Com destaque para os agudos de uma poética que, em plena vigência do absurdo, vale dizer, da guerra, fixada, como para não desmoronar, nos objetos mais próximos, mais cotidianos, aparentemente mais palpáveis, não pode se impedir de verificar que os próprios objetos estão cercados de abismo, que eles precipitam quem olha de muito perto "no buraco metafísico", como

---

2) Mas acrescente-se a estas iniciativas a da dupla Carlos Loria-Adalberto Müller Junior, que responde pela tradução de 10 poemas do *Parti pris des choses*, publicados em *Dimensão - Revista Internacional de Poesia*, Uberaba, ano XVIII, n. 27, 1998. E, ainda, a tradução de todo o *Parti pris*, que se encontra no prelo, na Editora Iluminuras, por uma equipe, em que entram Loria e Adalberto, chefiada pelo canadense Michel Peterson, professor convidado de Literatura Francesa na Universidade Federal de Porto Alegre, em colaboração com Inacio Antonio Neis, também professor ali.

lemos no capítulo "Tentativa oral". O que não a impede de se concentrar também no evitamento de uma filosofia da queda ou do desespero, porque o verdadeiro desespero, que consiste em cair no buraco, não condiz com teses nem discursos. Lição que, segundo Ponge, Nietzsche e Kafka — mas não Camus, muito embora um especialista no assunto — nos terão ensinado.

Ela tem o mérito de repor as tão propaladas coisas do *Parti pris* no devido lugar. Como para Braque, seu ilustrador, ou Picasso, seu comentador, ambos amigos, ambos representantes de uma corrente com a qual o poeta se identifica, e interage, muito mais do que com a de Breton e companhia, o objeto é aqui o objeto que não se afigura, ou não se afigura de todo, mas se desfigura, se desmancha em partes. Lacan diria dele que não é o "petita". Por sua vez, Picasso dirá das palavras que os recobrem que são como "piõezinhos", que vão "rodando" e mostrando suas muitas faces, "umas clareando as outras".

O objeto infigurativo, pois, o objeto sem o efeito da tridimensionalidade, sem a ilusão pictórica, a pose de real. Para Ponge, é antes a linguagem que é tridimensional, com suas duas dimensões, uma para o olho, outra para os ouvidos, acrescidas de uma terceira, a significação. E é com tais concretudes que ele sabe que também está lidando quando está lidando com o mundo sólido. É desse fundo sonoro, plástico, conceitual, que dita seus próprios termos, e assim impõe limites de visibilidade, constrangimentos de dicção, hipóteses de interpretação à própria coisa experimentada, que também sai o objeto. Por isso mesmo, nunca inteiramente centrado em si, nunca inteiro, sempre entre dois fogos, sempre dúbio. Por isso mesmo, na expressão do poeta, um *"objeu"*: algo entre o objeto e o jogo (*"jeu"*), que permite ficar com as duas coisas: o inventário do mundo e a "jogada de linguagem"[3].

Equilibrismo de que dá mostras, no *Parti pris des choses*, este pequeno trecho virtuosístico de um poema sobre um dos muitos minúsculos animais aquáticos freqüentados por Ponge, a ostra, e sua produção, a pérola. Onde a jóia é também jóia de discurso, saído da mesma goela (*"gosier"*): "Mui rara, às vezes, em sua goela de nácar, uma fórmula a parolar em pérola, e alguém encontra logo com que

---

3) Igualmente famoso entre os conhecedores de Ponge, o *"objeu"* se propõe e define numa das seções do texto *"Le soleil placé en abîme"*, do livro *Pièces*.

se adornar" ("*Parfois très rare une formule perle à leur gosier de nacre, d'où l'on trouve aussitôt à s'orner*")[4]. O que por si só comenta o duplo vínculo do poeta.

E essa não é a única ambigüidade a que ele se rende. Todos os seus escritos realizando, ao mesmo tempo, um discurso da obra e um discurso sobre a obra, que nos volta a dupla face da poesia e da crítica, da performance e da autocrítica. Toda a obra é, nesse sentido, rigorosamente *meta*. "Metalógica", especifica Ponge, acrescentando que é graças à "metalogia" que ele desata o nó da posição trágica que se origina na verificação da infidelidade dos meios de expressão, não se deixando empurrar, como tantos outros — nada menos que Valéry, o Mallarmé de *Igitur*, Rimbaud e Lautréamont, refira-se — para os extremos de uma filosofia da não-significação do mundo"[5]. Embora lhe pareça, às vezes, que quase chega lá. O "quase" faz aqui toda a diferença.

Voltando a *Métodos*, tudo é portanto aí, de alguma maneira, poesia. A poesia possível: uma espécie de prosa linear e estranha. E tudo se destina ainda a responder à delicada pergunta sobre o que seria poesia. Se não a esta outra, de estilo "*dix-huitième*", embora o autor do *Parti pris* seja mais um cultor do "*dix-septième*" de Malherbe e La Fontaine: como se pode (na tardividade, entenda-se) escrever?! Todas as questões que se deixam tratar melhor no negativo, daí a recorrência, o martelar de afirmações do tipo: "a verdadeira poesia não tem nada a ver com o que se encontra hoje nas coleções poéticas", "a poesia é o que não se dá por poesia", "nós que não podemos nos tomar por artistas (nem poetas)", "no dia em que quiserem admitir como sincera e 'verdadeira' a declaração que vivo fazendo de que não me entendo por poeta...".

Daí o processo movido contra a metáfora, em acepção pongiana um "magma", uma liga impura de termos que trabalham pela indiferenciação qualitativa, pelo esfumaçamento daquilo que é próprio do objeto. O que é próprio do objeto não estando muito longe de ser, para o poeta, o próprio objeto. Pela força da "jogada de linguagem", que troca as analogias por um descritivismo, para dizer o mínimo, penetrante. Do tipo que encontramos no poema "*Les mûres*" ("As

---

4) Aqui, aproveitamos a bela tradução de Carlos Loria e Adalberto Muller Junior para a revista e a edição citadas.

5) "*Pages bis*", *Proêmes*, pp. 195-196.

amoras"), por exemplo, onde amoras, vistas a microscópio, são "frutos formados por uma aglomeração de esferas que uma gota de tinta preenche" ("*(des) fruits formés par une agglomération de sphères qu'une goutte d'encre remplit*"). Ou no poema "*De l'eau*" ("Da água"), em que se atinge, de fato, em cheio, dir-se-ia, o próprio da coisa, a propriedade sendo, no caso, tão óbvia quanto inaudita: "Quase se poderia dizer que a água é louca, por causa dessa histérica necessidade de só obedecer ao seu próprio peso, que a possui como uma idéia fixa". Ou no aqui já citado poema "*L'huître*" ("A ostra"), em que Ponge já não foge à metaforização, a ostra, vista de dentro, sendo, "em sua recalcitrância, um mundo enclaustrado" ("*C'est un monde opiniâtrement clos*")[6].

A batida em retirada é sempre possível, do ponto de vista do método pongiano. Daí também, dependendo do objeto e da descrição que ele pede, certa inversão do processo. Pleiteada, a meio caminho, neste discurso do método à moda de Ponge, *My creative method*, que abre a coletânea. Onde, inesperadamente, pois tudo o que antecedia parecia afastar tal possibilidade, parecia acenar com a presença dos objetos — evidente, espessa, tocante —, temos que não são bem eles, os objetos, que são tangíveis, mas suas definições. Que se trata do objeto como noção. Que se trata do objeto na língua francesa, no espírito francês, do objeto "artigo de dicionário". Que recensear o universo objetal é, no fim das contas, atinar com a expressão, dentre todas as cabíveis em cada caso, que melhor designa cada objeto. O que se formula, aliás, em perfeito paradoxo: "TOMAR O PARTIDO DAS COISAS = LEVAR EM CONSIDERAÇÃO AS PALAVRAS". E surte associações que são verdadeiros achados, como uma particularmente comentada, inclusive por Jacques Derrida: a da laranja com a esponja (por onde passa, inútil dizer, o nome e o absorvente ofício de Ponge). "Como na esponja, há na laranja uma aspiração a recobrar a continência depois de ter passado pela prova da expressão" ("*Comme dans l'éponge, il y a dans l'orange une aspiration à reprendre contenance près avoir subi l'épreuve de l'expression*")[7].

Entre constatação do mundo e expressão do mundo, todos os

---

6) Voltaremos ao poema "*De l'eau*" mais adiante, ao tratarmos de Ponge e Borges, que o traduziu para o espanhol.

7) Tradução de Loria e Adalberto para "*L'orange*", Le parti pris des choses.

capítulos que se seguem a esse primeiro, no tom falsamente peremptório, característico de Ponge, ficam entre duas saídas, dois mundos, dois abismos. O poeta é, conscienciosamente, um perseguidor perseguido. Seus objetos, sempre o outro objeto, o inalcançável, o de "símbolos e sombras", "memória da enciclopédia", como o tigre de Borges[8]. Ou como a rosa de Mallarmé, a ausente de todos os buquês.

E é isso que faz de *Métodos* um livro tão, para dizer, outra vez, o mínimo, perturbador. Por onde quer que vá o leitor, nem bem ele é lançado na realidade dita concreta, nem bem é convencido da vanidade, e mais que isso, da sujeira, da sordidez das palavras — que origina todo um léxico da lavagem, toda uma obsessão do limpo, lavagem de alma testemunhada, aqui como em outros livros, por poemas como *"Le verre d'eau"* ("O copo d'água"), *"La lessiveuse"* ("A lavadeira"), *"Le savon"* ("O sabão") , *"La serviette éponge"* ("A toalha de banho")... — e já está de volta à realidade simbólica. Não mais entre lilases, magnólias, seixos ou andorinhas, para não falar dos artefatos pongianos, tais que o aparelho do telefone, o engradado, o edredon, o rádio, a mala, os fogareiros..., mas na paixão à formulação.

O corpo-a-corpo é, de fato, com o impossível (com o real!), tarefa de *"double bind"*, como nota o autor de *Signéponge*, Derrida. Que não é o único filósofo interessado naquilo que, em Cerisy, em 1977, se chamou *"le phénomène Ponge"*. Voltados para o fenômeno, temos ainda um velho amigo da primeira hora, Bernard Groethuysen, que recepciona *Les douze petits écrits*, o livro inaugural, na *Nouvelle revue française*, em 1927[9]; e ainda Sartre, a que Ponge dedica uma das seções de *La rage de l'expression*[10], e que localiza em Ponge e sua "ida às coisas mesmas" o *modus operandi* da Fenomenologia; seguido de Camus pensador, de quem o poeta diz, em *Proêmes*, que sua visão do absurdo joga com a idéia de uma "comunhão impossível", logo com uma nostalgia da comunhão, o que não o

---

8) *"El otro tigre"*, *El hacedor*: "Cunde la tarde en mi alma y reflexiono/ Que el tigre vocativo de mi verso/ Es un tigre de simbolos y sombras,/ Una serie de tropos literarios/ Y de memorias de la enciclopedia/ Y no el tigre fatal, la aciaga joya..."

9) Um trecho desta peça crítica é reproduzido por Marcel Spada em seu *Francis Ponge da Seghers*.

10) *"La guêpe"*. Texto dedicado igualmente a Simone de Beauvoir.

impede de dizer também, numa das sessões em Cerisy, que, bom ator, ele foi seu melhor leitor em voz alta[11]; seguido de outro bom amigo, o esteta de Lyon, Henry Maldiney, que dedica a Ponge uma alentada abordagem hegeliana[12], e se faz igualmente presente em Cerisy; e temos, ultra-recentemente, a helenista Barbara Cassin, que, num longo ensaio, nos apresenta Ponge como um sofisticado sofista, mestre, como Górgias, na arte do elogio, que nada tem de adesão à doxa, mas é um modo de elogio do elogio, vale dizer: um elogio do *logos*[13].

Por toda parte em *Métodos*, Ponge agradece e dispensa a atenção da gente da Filosofia, que o deixa atônito. Ele que nem concebe se ver explicado pela Filosofia, nem concebe que a Filosofia — que vê exatamanente como Borges: como um gênero da Literatura, mas ao contrário de Borges, leitor dos metafísicos, não dos que mais aprecia[14] — lhe peça explicações. Razão pela qual, em *My creative method*, vai dizer, desculpando-se por isso, que a tolice de Sócrates estava em pedir dos poetas que se retomassem, se explicitassem, dissessem noutros termos o que quereriam dizer. Quando, na verdade, o poeta só pode dizer o que tem a dizer em termos próprios. Quando é em termos próprios que os aprendemos, às vezes de cor.

Ele que, nesta conferência de tirar o fôlego, feita em Bruxelas, em 1947, a "bomba", como foi chamada em Cerisy, "Tentativa oral" — experiência das mais impressionantes, das mais vertiginosas talvez que se oferecem na pós-revolução a um cultor de literatura, depois da passagem pela Sorbonne de Artaud em surto, pregando, noutras direções, tão desnorteadas quanto, a violência epidêmica do teatro — bate na tecla de que as idéias não são o seu forte. E que, à distância de outro célebre conferencista, este mais direcionado, o Valéry de *Variété*, cujos "*Propos sur la poésie*"[15] não deixa de estar aí ironizado, insiste em dizer que não compete ao poeta pôr-se a falar do metiê em público. Chamando a atenção para o absurdo que seria fazer vir,

---

11) *Proêmes*, p.182; "*Questions à Francis Ponge*", *Ponge inventeur et classique - colloque de Cerisy*, p. 421
12) *Le legs des choses dans l'oeuvre de Francis Ponge*, de 1974.
13) Cf. Barbara Cassin, op. cit.
14)' "*Pages bis*", *Proêmes*, p. 195.
15) Há uma tradução dessa conferência em português do Brasil, inserida em *Variedades*. São Paulo: Iluminuras, 1991.

por exemplo, um marceneiro, ou um ourives, ou um químico de laboratório, depor sobre o que lhe vai pela cabeça quando constrói seus objetos. Defendendo que é o mesmo absurdo fazer vir o poeta. Ele que, vencendo então sua enorme inibição para enfrentar platéias, está, precisamente, nessa oportunidade, incorrendo nesse absurdo!

Ele que nos diz em "O murmúrio", aludindo com isso à ressinalização das coisas pelas palavras, que o lugar do artista é o ateliê. Sua função: fechar-se nesse espaço para, lá dentro, dedicar-se a consertar o mundo, entreter-se recolando os seus pedaços. Não como um mago mas como um relojoeiro: "reparador atento da lagosta ou do limão, da colméia ou da compoteira, aí está o artista moderno". Mas que não reluta em sair de seu fechamento para, em mais uma conferência, cuja transcrição também registramos aqui — "A prática da literatura", esta de 1956, feita em Stuttgart, por ocasião da morte de Gottfried Benn — vir mostrar, a propósito da cor do abricó, como resolveu tecnicamente outra questão complicada, a de dar conta de um certo rosa das montanhas do Sahel argelino, cadeia ao pé do Atlas sobre o mar, onde escrevia, em Sidi-Madani, oito anos antes.

O rosa em questão é de uma tonalidade que lhe sugere, num primeiro momento, "marotice", porque lembra a cor das pernas das mulheres árabes que se velam... mas deixam ver o tornozelo. Rosa maroto, pois. Mas contra a insistência dessa primeira sugestão, ocorre ao poeta a palavra "sacripanta", sem que ele atine com o porquê. Até descobrir na história da palavra uma justificativa das mais felizes para a sua intuição, ou "gana" de dizer. "Sacripanta" é uma personagem de Ariosto, como esta outra, "Rodomonte", e "Rodomonte" é não apenas "Vermelho-Montanha", mas o rei da Argélia! O adjetivo de cor procurado para a cadeia de montanhas, a palavra motivada, é, assim, por conexão, ou fuga metonímica, "rosa sacripanta". Solução que se conecta ainda, embora Ponge não o diga, com "Odette de Crécy", "la dame en rose", a "Miss Sacripant" de Proust, tão sacripanta, de fato, quanto sabem os leitores do romance do tempo perdido[16].

Ora, bem longe de qualquer flerte com a utopia do *mot juste*, expedientes que tais são maneiras de contentar uma certa visada cínica,

---

16) Apontado por Bernard Veck, *"L'intertexte: Proust"*, op. cit. Curiosamente, Odette (Chabannel) é também o nome da mulher de Ponge.

vale dizer, ultra-relativista, com a qual o poeta assente seguidamente em seu livro, e particularmente em *My creative method*. Ou de conviver com uma inevitável má consciência, no fundo salutar e tônica, pensa ele. Graças à qual, quando malograr, mais tarde, o que é igualmente inevitável, na tentativa de dizer o coração de uma floresta em plena profusão primaveril, nem por isso deixará de resignar-se e de continuar escrevendo. Ainda que tenha, para tanto, que trocar *"Coeur"* por *"Quelques feuilles"*. O "Coração" por "Algumas Folhas". De papel, entenda-se. — É delas que fala nossa epígrafe.

Ocupando na obra de Ponge uma especial posição intermediária entre dois partidos, já por si incertos, a meio caminho entre um suposto texto original do mundo, nem sempre legível, e a tradução desse texto, *Métodos* acentua, se é que isto é possível, a vertigem de uma poética declaradamente fora de qualquer ilusão a respeito de suas chances de sucesso, mas também de qualquer flerte com o pessimismo, de qualquer forma de concessão ao "masoquismo"[17].

Talvez em nenhuma outra parte mais que aí — até porque temos aí um Ponge que toma a palavra em público, coisa que o inquieta particularmente — palavras e coisas convivam em tão franca tensão, tão grande relação de abuso recíproco e mútua anulação, com momentos de trégua não menos soberbos, poeticamente falando.

---

17) *"Réflexions en lisant l'essai su l'absurde"*, *"Pages bis"*, *Proêmes*.

N° 4 — REVUE MENSUELLE — JANVIER 1923
PRIX : 2 FRANCS

le mouton blanc

DIRECTEUR : PIERRE FAVRE
RÉDACTEUR EN CHEF : JEAN HYTIER

PAUL FIÉRENS............	ODES ....
FRANCIS PONGE.........	FRAGMENTS MÉTATECHNIQUES......
JEAN HYTIER............	LA DOCTRINE DU MOUTON BLANC......
ERREURS DE	CATULLE MENDÈS, SAINTE-BEUVE, HENRI BARBUSSE, LUCIEN DUBECH........
VÉRITÉS DE............	GASTON SAUVEBOIS, JEAN COCTEAU, ANDRÉ GIDE...................
AGNUS	PALINGÉNÉSIES ....
PIERRE FAVRE	PLACE DE VALÉRY................
RENÉ MAUBLANC.......	ESSAI SUR UN POÈTE : GEORGES CHENNEVIÈRE ....
LES LIVRES	LES REVUES ET LES JOURNAUX ......

:: MAUPRÉ ::
par CHAROLLES (S.-&-L.)

QUANDO EU DIGO QUE...
QUERO DIZER... OU MELHOR

"Vamos! Encontrem algo de mais revolucionário que um objeto, uma bomba melhor que esta ponta de cigarro, que este cinzeiro. Encontrem, para fazer explodir esta bomba, um movimento de relojoaria melhor que o seu póprio, aquele que, na verdade, não o explode, ao contrário, o faz funcionar (é difícil fazer funcionar! tudo o que nos ensinaram foi a desagregação; é bem curioso.)Então, do que se trata no interior de tudo isso é de um mecanismo de relojoaria (eu estava falando de bomba) que, em vez de fazer explodir, faz funcionar, permite a cada objeto que prossiga fora de nós sua existência particular, que resista ao espírito. Esse mecanismo de relojoaria é a retórica do objeto. A retórica, é assim que eu a concebo. Quer dizer, se eu levo em conta uma retórica, é uma retórica por objeto, não somente uma retórica por poeta, mas uma retórica por objeto. É preciso que esse mecanismo de relojoaria (que mantém o objeto) nos dê a arte poética que será boa para o objeto."

"Tentative orale"/*Méthodes*

Estaria, porventura, Francis Ponge, no adiantado da modernidade, a que tanto quer corresponder, já que tanto quer um novo gênero, "digno da pós-revolução"[1], contando, realmente, com seus propalados objetos?

E se conseguisse associar, seguindo o exemplo do bom lexicógrafo, para ele o melhor modelo do poeta, a "definição da

---

1) *Proêmes*, p. 218.

palavra" e a "descrição do objeto"[2], estaria, de fato, saltando de uma coisa para a outra: da palavra para o objeto? Tirando disso, como quer, "o efeito de surpresa e de novidade dos próprios objetos de sensações"?[3] Passando, por exemplo — para citar este modesto espécime "de barbicha e acento grave" do *chosier* pongiano, evocado em *Pièces*, entre outros mais graciosos — da cabra "animal do carnê de notas", "croquis", "esboço de estudo"... para a cabra? A cabra que, como lemos ali, enquanto "organismo", enquanto "ser", "funciona"?[4]

Para dizê-lo de outro modo, Francis Ponge, de fato, sustenta, em meio ao burburinho das vanguardas literárias do começo do século, com que simpatiza, aliás, embora deteste barulho — "e dizer que tem gente que acha que o barulho ainda não é suficiente, que se põe a fazer versos, poesia, surrealidade, que ainda contribui..."[5] — que suas definições de objeto, que ele quer abstratas e concretas, dando conta do objeto como aparece e se chama, têm a ver, por isso mesmo, com o objeto como ele é? Ao menos em parte? Mas a parte em questão seria a melhor parte nesse caso: a da "qualidade diferencial"![6]

Dizendo ainda de outro modo, Francis Ponge acredita, verdadeiramente, que certas idéias, não sem paradoxo ditas "experimentais"[7], podem ter comércio com a referência? Que as proposições que encarece, com um pouco de chance, podem chegar a desnudar seu objeto, assim como, compara ele, a faca é capaz de retirar o "papel" que "embrulha" a batata cozida, e de oferecer a polpa?[8] Que um poema sobre o prado exala, junto com sua "verdade verde", certo odor clorofílico?[9] Que pinheiros, enfim, para citar outro exemplar pongiano, que merece constituir uma seção em *La rage de l'expression*, "*Le carnet du bois des pins*" ("O caderno do pinhal"), são, efetivamente, capazes de surgir na palavra? De tomar a palavra? De retorquir? ("Surgi, pinhais, surgi na palavra. Não vos conhecemos.

---

2) *Méthodes*, pp. 11-198.
3) *Proêmes*, p. 167.
4) *Pièces*, p. 211.
5) *Proêmes*, p. 151.
6) *Méthodes*, p. 42.
7) *Méthodes*, p. 10.
8) *Pièces*, p. 74.
9) *La fabrique du pré*, p. 94.

— Fornecei a vossa fórmula. — Não é em vão que Francis Ponge reparou em vós...")[10].

E se a resposta tivesse que ser afirmativa, o que mais admirar nessa pretensa passagem do verbal para o sensível, seria de se perguntar! Como, aliás, alguém já perguntou: o orgulho ou a ingenuidade?[11] A ingenuidade, Ponge terá respondido, por antecipação, ele que não hesita em fazer-se de *naif*, desde os anos 40, em *My creative method*: "Ora, a mesma ingenuidade me faz pensar que seja possível nos entendermos sobre os fatos, sobre as constatações — ou ao menos sobre as definições (...). Vamos direto aos fatos"[12]. Como se definições fossem fatos.

E se, para insistir na coisa, de alguma forma, ainda que, no fundo, sempre imperfeitamente, os dois mundos em pauta se encontram, se a representação instala o representado, seja à força de dublar os verbetes do *Littré*, acenando com a "espessura", a "profundidade", o "nódulo duro" dos vocábulos[13], o que não impedirá, na prática, muita fantasia etimológica, certas ocasiões se prestando particularmente a uma filologia fantástica, como a que nos oferece ainda a cabra, *"les chèvres belles à la fois e butées, belzébuthées"* (mal traduzindo: "as cabras ao mesmo tempo belas e obstinadas: endiabradas"); seja à força de apelar para expedientes muito outros, tais que as fábulas, os apólogos, os provérbios, as prosopopéias, os aforismos, até os grafismos tipográficos[14], tudo tão caro a Ponge, embora tudo seja para ele sabidamente abusivo, pois "nós reinventamos sem parar os piores erros estilísticos de todos os tempos"[15]... recepcionaria ele, com efeito, os objetos que diz recepcionar? Tomando-os como o que há de mais digno do espírito,

---

10) *Le cahier du bois de pins*. Há uma tradução portuguesa desse capítulo do volume *La rage de l'expression* por Leonor Nazaré, já citada. Escrito durante a segunda guerra, o *"Carnet du bois des pins"* é um manuscrito abandonado desde então por Ponge, que discorre sobre seu caráter inexeqüível noutra seção do mesmo volume, "Appendice", onde entra, surpreendentemente, uma "Correspondência" ativa e passiva em torno da questão.
11) Henri Maldiney, *"La poésie et la langue"*, *Colloque de Cerisy*, op.cit., p. 279.
12) *Méthodes*, p. 23.
13) *Méthodes*, p. 272.
14) Gérard Genette fala numa "mimotipografia" pongiana. Cf. *"Le parti pris des mots"*, *Mimologiques - voyage en Cratylie*.
15) *Méthodes*, p. 199.

como mais dignos de nos ocupar o espírito que o próprio espírito, "de que já temos notícia por demais"?[16]

Dizendo de outro modo ainda: sustenta Ponge, verdadeiramente, a objetividade de seus objetos? Dá ele, com efeito, por garantido o mundo que pretende, à sua maneira recenseante, embora também murmurante, poetizar? Esse mundo cuja "alegre pintura", feita para nos trazer de volta o "gozo da contemplação", é sua razão de viver, e viver feliz, e o faz, como um praticante à moda do *dix-septième*, de frente para o motivo natural a pintar, pegar no lápis?[17] Esse mundo que nem assim é para ele um mundo de papel?

Dá ele, em suma, por presentes e evidentes, muito embora, por outro lado, por exteriores e complexos, e muitas vezes por "estranhamente evidentes"[18], os objetos que se perfilam? Nos fazendo, não raro, objeção?[19] Acredita ele que o mundo persevera em si? Que iguais a si mesmos, que densos e plenos, além de constatáveis e palpáveis, ao contrário das palavras, vazias, intermediárias, medíocres, frágeis (no que consistiria, porém, sua preciosidade), como a *"cruche"* ("cuia"), que só faz transportar coisas[20], os objetos teriam, afora o prazer (quando não o mal-estar) que proporcionam, lições, e lições de rigor, em termos "quase morais", a dar? Como se encerrassem uma fábula? Daí a grande referência em literatura (na verdade, uma delas, há também e principalmente *Malherbe*), o escritor em comparação com o qual Ponge não é mais que um "menininho", ser La Fontaine?[21]

Festeja Ponge, para terminar, de posse de alguma preliminar, aproximativa, provisória, relativa, eventualmente certeira expressão, ou de nenhuma — pois os objetos não precisam da palavra do poeta para existir, muito embora a supliquem, como podemos ler, por ilustração, nas linhas deste texto admirável de *Méthodes* que é *"Tentative orale"* — a existência bem provada do mundo exterior cujo partido tomou? Para o qual exterior sua poesia abriria, bem abertas, todas as portas? Razão pela qual, dirá Italo Calvino, que se

---

16) *Pièces*, p. 104.
17) *Proêmes*, pp. 166-167.
18) *Méthodes*, p. 40.
19) *Méthodes*, pp. 14-17.
20) *Pièces*, p. 106.
21) *Méthodes*, 39.

debruça sobre esta frase de Ponge: "os reis não abrem portas", ele é um "clássico" a se praticar?[22]

Se, outra vez, sim, ao deter-se, com uma coragem baudelairiana de assumir seu próprio gosto[23], nesse fora-da-linguagem que o arrebata, variado repositório de formas de tal modo impressionantes que qualquer comparação ou jogo metafórico corre o sério risco de pôr tudo a perder — vegetais, animais e minerais: flores, árvores, florestas, pedras, pedregulhos, cristais, pequenos e grandes animais, artefatos tais que o assoalho da sala, um molho de chaves, um telefone, um engradado de frutas, uma toalha felpuda... não estaria esquecendo o mais importante: o homem? E mesmo, já que ele menciona a coragem de Baudelaire de eleger seu mundo, não estaria esquecendo algo que também se apresenta ao homem, e aliás o contém, esta paixão moderna, o endereço da intelectualidade: a cidade? E com tudo isso, não estaria ainda esquecendo seu próprio lugar, sua própria condição no mundo? Sartre, por exemplo, chega a incomodar-se com isso.

Para responder como ele próprio faria: sim e não.

Por um lado, em sua investida contra os "colegas", de que leva a peito manter, como confessa, distância — "Ah, eu não sei por que estou falando o tempo todo da maçã, ah, sim, eu sei, é porque, é por causa de um colega que disse 'eu queria entrar dentro da maçã'. Não é com isso que eu mexo"[24] —, Ponge socorre-se de uma crítica de tal forma demolidora que é a palavra "poeta", já, que o incomoda.

Ela é "*un mauvais mot*", "a palavra errada". Melhor que a palavra "poeta" é esta outra fórmula, insolente: "*artiste en prose*"[25]. Porém, mais que a palavra, são os recursos mesmos do ofício que ele repudia, *passim*, por "epifenomenais", vale dizer, por traidores dos caros objetos, por incompatíveis com os poemas. E, dentre os recursos todos, particularmente, a metáfora: a "lavagem cerebral idealista e cristã", provedora dos "charmes", dos "arranjos", do "ronronar", da "ciranda" (*manège*), de efeitos de que é preciso que a verdadeira poesia escape. E presidindo à ciranda metafórica, o catálogo das

---

22) Italo Calvino, "Francis Ponge" em *Por que ler os clássicos*.
23) *Méthodes*, p. 280.
24) *Méthodes*, p. 278. A referência é a Henri Michaux!
25) *Proêmes*, p. 195.

figuras, a "Retórica". Que ele ironiza, chamando-a "útil constrangimento". Aprender a manejar a retórica é tão bom quanto pode ser interessante, por um tempo, ser estudante, ele explica: "só assim vem a vontade, depois, de fazer tudo ao contrário"[26].

Não continuar os colegas é, ainda, por este lado, afastar-se, sob certo aspecto capital, do mestre de todos. Indo mais fundo na briga com a realidade *supra* de Breton e companhia, é tomar como objeto por excelência de aprovação aquilo que Baudelaire descartava, querendo ser o mais artificial possível, na defesa, justamente, de uma metaforização ao infinito. É aprovar, sem ver nela nenhum templo, ou sem querer progredir dela para outra coisa, mais alta, mais mágica, mais absoluta... a Natureza. Nesse plano baixo reside, para Ponge, é bem verdade que problematicamente, toda elevação. *Le parti pris des choses* por pouco não se chama *Approbation de la nature*, ou *De natura rerum*, nos confidencia Ponge, nesse sentido[27].

Mas por outro lado, o artista que se quer "em prosa" não pode deixar, como apesar de si mesmo, de enveredar, inesperadamente, por outro rumo. Porque, a todo instante, se surpreende, e nos surpreende, com o malogro total de sua empreitada. Que ele descreve, por exemplo, e nessa circunstância passo a passo, num trecho bastante alvejado pelos comentadores, "Reflexões lendo 'O ensaio sobre o absurdo'" (de Camus)[28]. Onde encontramos: "Primeiro, reconheci a impossibilidade de me exprimir; Segundo, me apeguei à tentativa de descrição das coisas (logo querendo transcendê-las!); Terceiro, reconheci (recentemente) a impossibilidade não somente de me exprimir mas de descrever as coisas"[29]. Fatos que o predispõem a uma "franqueza de relações sem vergonha", senão a uma certa dose de "cinismo"[30], entendido como capacidade de contentar-se com o que se conseguiu: "Meu percurso deu nisso. Tenho então ou que tomar a decisão de me calar, mas tal não me convém, quem poderia decidir-se pelo embrutecimento/ Ou me decidir a publicar descrições ou relações de fracassos de descrição"[31].

---

26) *Méthodes*, p. 267.
27) *Méthodes*, p. 253, *Proêmes*, p. 177.
28) Ensaio camusiano esse que é a primeira versão de *O mito de Sísifo*, publicado em 1942.
29) *Proêmes*, p. 182.
30) *Méthodes*, pp. 20-33.
31) Idem, ibidem.

Descrições de fracassos de descrição! Para além do fracasso, note-se que se trata de um abismo, de uma *"mise en abyme"*, de descrições... da descrição. O que reverte, por assim dizer espetacularmente, toda a esperança de escapar à linguagem. Ou recupera o homem. Com o senso do derrisório de que dá mostras, olhando agora, de mais perto, a obra toda, é, conscienciosamente, de linguagem, e não raro de linguagem poética, todo o estoque dos velhos recursos aí mais ou menos implicados, que Ponge está lançando mão quando está tomando seu partido dos objetos. Razão pela qual lhe ocorre postular que não se trata, propriamente, dos objetos, porém de como dizê-los. "Dizer que não é tanto o objeto (ele não deve necessariamente estar presente), quanto a idéia do objeto, inclusive a palavra que o designa", assim escreve, batendo em retirada, em seu diário argelino[32].

Na "franqueza" — *"franchise"* — de "relações sem vergonha" com o objeto, veja-se, por isso mesmo, a injunção de *"Francis"*, o nome de Ponge, o próprio de Ponge, o próprio Francis Ponge, assinando em baixo do objeto. O objeto que, no entanto, não precisava dessa assinatura... infinita complicação para a qual chama a atenção, em Cerisy, diante de Francis Ponge, Jacques Derrida. "É preciso pois, ao mesmo tempo, que a assinatura fique e desapareça, que fique para desaparecer ou desapareça para ficar. É preciso, é isso que importa. É preciso que ela *fique a desaparecer*, dupla exigência simultânea, dupla postulação contraditória, dupla obrigação, *Double bind* (...) É preciso a assinatura para que fique desaparecendo. Ela faz falta, eis porque é preciso, mas é preciso que ela faça falta, eis porque não é preciso."[33]

Dos objetos bem tangíveis somos remetidos, logo, de volta às idéias que, segundo reitera Ponge, "não são o (seu) "forte"[34]. E não bastasse, à expressão. Ponge dispondo-se a acolher, a meio caminho, se não a Retórica, retóricas, uma pluralidade de estratégias persuasivas. Ponge aprendendo, com o tempo, para dizer como o colaborador na empresa da edição das *Obras* pela *Pléiade*, Bernard Weck, "a negociar"[35]. Ponge terminando por pleitear, de acordo

---

32) Idem, p. 33.
33) Jacques Derrida, *Signéponge*, pp. 48-52.
34) Idem, p. 9.
35) Bernard Weck, op. cit., p. 169.

com uma *boutade* sua tornada slogan pelos críticos, "uma retórica por objeto".

Verdadeiras línguas privativas, ou "jargão", no sentido nobre envelhecido, de linguagem privativa, essas retóricas aplicadas ao objeto são a condição de possibilidade, no limite, de uma voz poética "própria". Em francês, *"propre"*: particular e limpa. Vale dizer, discriminada da de *Monsieur-tout-le-monde* (ou, se se quiser, do "Grande Outro"). Voz ao léu, como a das duas árvores de *Proêmes*, que "num século ainda mal-entendido", embora ao sabor dos ventos, se erguem "contra o vento", contra ele "argumentam"[36]. A árvore constitui em Ponge uma temática, é um emblema, uma metáfora insistente do poeta, sejam quais forem suas relações com a linguagem metafórica. É um problema a que teremos que voltar.

Retenham-se, por ora, a propriedade e a limpeza da voz que fala *de encontro a*. Pois eis-nos, com essa voz, na falta de saída melhor, ressintonizados, a tempo, com o programa da modernidade. Devolvidos à invenção de um "texto", de que o mundo, como assente Ponge, repentinamente, é o "pretexto". Retornados à realidade sólida da "criação", que ele não mais hesita em chamar "obras artísticas". Redefinindo, complicada mas inequivocamente, sua concretude, artificiosa: "descrições-definições-objetos-de-arte-literária"[37]. Seria assim, falsamente concreto, artificialmente natural, o novo gênero, o "partiprismo", como ele o chama, aqui e ali. Tronco que resiste, enquanto... nova língua. Todas as fichas apostadas nas palavras, tiradas do eixo, inclusive poético, em torno do qual giravam, refundadas sob a inspiração do mundo, a cujo repto intentam, condignamente, responder. Sim, estamos em terreno conhecido. Aí está Mallarmé.

Mas resta sempre notar, para fazer justiça à labialidade extrema da *démarche* que nos ocupa, a reversibilidade até mesmo dessa reversão. Não há partido que se tome por muito tempo — lendo *Proêmes*, por mais que um minuto — em Ponge. O poeta confessando certa *"coquetterie"*, "tolice" (*"bêtise"*), sem-vergonhice" (*"putasserie"*), que o levam a mudar de idéia, a tomar outro partido. Ou a não tomar partido algum, por querer estar bem com todo mundo: *"Je voudrais plaire à tout le monde"*. Ou a tomar todos os partidos

---

36) *Proêmes*, pp. 142-15.
37) *Méthodes*, pp. 13-17.

ao mesmo tempo, acreditando em tudo: *"On voit bien que je ne doute de rien"*[38]. O que significa, em suma, que ele não acredita em nada, não alimenta nenhuma ilusão. Como, de resto, noutra parte, acaba confessando: "Mas aí, como eu não tenho lá muita ilusão a respeito, parto para outra" (*"Mais déjà, comme je ne me fais pas trop d'illusions, je suis reparti d'ailleurs sur de nouveaux frais"*)[39].

Tudo isso para prosperidade daquela cena *double bind*, apontada por Derrida. No interior da qual é impossível saber quem é o autor do quê. Se é o mundo exterior que constrói o poeta, como ele diz: "a variedade do mundo me constrói"[40]. O que significaria que não há poesia sem realidade. Ou se não há realidade sem poesia. Lição, entre muitas outras, do poema do sol "posto em abismo": "Se é tal o poder da linguagem,/ Cunhemos pois o sol como príncipes moeda,/ Para carimbar o alto desta página"[41].

O poeta se abismando consigo mesmo: "Como pode ser que eu já não me aferre mais a isso (à mesma posição)?"[42] Ou falando por cima dos próprios ombros, numa segunda voz, em *off*, dentro dos muitos parênteses (ocorre-lhe a idéia de parênteses que não se fecham nunca, como pétalas de flores)[43] em que se retoma, se recupera, corre atrás do prejuízo, como aqui: "O mais particular, o concebemos (melhor) (principalmente) (somente) a propósito do mundo exterior"; ou aqui: "O figo é cinzento e mole (Já basta!)"[44]. Ou partindo para certos efeitos impressionantes de retardamento, certo suspense interminável, como, para tomar um dos mais impressionantes deles, o que intervém no texto da conferência *"Tentative orale"* (que não cessamos de citar e a que ainda voltaremos): "Senhoras e Senhores, não queria começar com uma incongruência, então vou um pouco na espiral...", "Senhoras e Senhores, adiantei-me um pouco à primavera, talvez fosse mais razoável, mais natural esperar umas semanas ainda antes de convocá-los..."[45] Ou encarando certos objetos particularmente impossíveis, como o copo d'água que, segundo ele,

---

38) Idem, p. 23.
39) *Proêmes*, p. 106.
40) *Méthodes*, p. 12.
41) *"Le soleil placé en abîme"*, *Pièces*, p. 160.
42) Idem, p. 14.
43) *L'opinion changé quant aux fleurs. Apud* Marcel Spada, op. cit., p. 123.
44) Idem, p. 32; *"Comment une figue de paroles et pourquoi"*, p. 53.
45) Idem, pp. 243-248.

"seca a garganta": "Eis aí assunto de que é impossível dizer alguma coisa, ele interrompe, isso sim, o discurso"[46]. Ou escancarando as portas do ateliê, mostrando o que tem e o que não tem no bolso do colete, deixando-se pegar em flagrante delito de tentativa de criação: "Eis-nos aqui na Argélia, tentando dar conta das cores do Sahel..."[47]

Tudo isso concernindo, evidentemente, à *Rage de l'expression*. Como admite Ponge, de resto. Principalmente nas admiráveis reflexões metapoéticas desta peça de demonstração cética (a propósito, Montaigne e Pyrrhon estão presentes em *Proêmes*), além de diário íntimo dos anos 40, *My creative method*. Onde encontramos esta passagem oximorística obrigatória, imbuída do senso pongiano do *nonsense*, que segundo Bernard Beugnot já não se pode evocar sem pedidos de desculpas, de tal modo ela também é referida nos comentários: "*Parti pris des choses égale compte-tenu des mots*" ("Tomar o partido das coisas = levar em conta as palavras")[48].

Já em si problemática — outra prova é que Ponge cogitou chamar *La rage de l'expression La respiration artificielle* (*A respiração artificial*) ou, pior ainda, "*Tractions de la langue*" (Trações da língua)[49] — a expressão de que estamos falando se complicará ainda mais se formos dar ouvidos às surpreendentes divisas, formuladas no tom "aluno relapso", já reivindicado, que o poeta, por vezes, quer assumir. Divisas como estas, que invertem ditames, como Lautréamont, por isso mesmo evocado em Ponge, mostrou que era possível fazer: "nada é mais interessante de se exprimir que aquilo *que não se concebe bem* (o mais particular)". Ou esta: "*que o que não se concebe muito bem* se enuncie claramente (no optativo)"[50].

E se formos atentar também para o fato de que, além dos desafios lançados pelos objetos, o gênero pongiano enfrenta ainda as dificuldades do próprio poeta, a própria pessoa do poeta, que não poderia senão estar intrometida, tirando coisas de seu velho fundo humanista, coisas que levam ao partido oposto ao dos objetos, aos pensamentos e sentimentos, sentimentos que ele é acusado aliás de

---

46) Idem, pp. 121-122.
47) Idem, p. 23.
48) Bernard Beugnot, "*Vocation: paradoxes et oxymores*" em *Poétique de Francis Ponge*, p. 22.
49) *Proêmes*, p. 189.
50) *Méthodes*, pp. 32 e 238 para a alusão a Lautréamont. Grifos de Ponge.

não ter, do que vêm lembrá-lo novas divisas como esta: "o homem: espírito a convencer, coração a agitar"[51]. Trata-se para Ponge, enquanto motivado aprendiz de poeta cosmogônico, de atravessar o espaço turvo desse fundo que remanesce em cada um de nós falantes, para voltar, purificado, ao que interessa: as coisas. Daí, ao longo de toda a obra, a menção à água limpa — "catástrofe de água fresca", diz o poema *"La lessiveuse"* ("A lavadeira"), de *Pièces* — a sabão, a toalhas, a operações de enxágüe, de esfrega. Há em Ponge toda uma toalete intelectual, obsessão de limpeza, dizia-se em Cerisy, que segue outra divisa, em sentido diverso da anterior: "idéia pura = realidade pura"[52].

O problema é que também as puras coisas não deixam por menos, nos resistem. Já porque, segundo Ponge, nos fazem uma muda oposição, com seu silêncio obstinado, que recrimina nossa tagarelice. Mas também porque, embora nos capturem com suas qualidades próprias, e aí, por assim dizer, discursem, elas se dão menos a conhecer que a interpretar, que a adivinhar. Tocantes, elas não são, desse ângulo, propriamente, tocáveis. Comportam-se como os oráculos, que Ponge primeiro associa à poesia que não é poesia, pela sua falta de clareza, pelas efusões sugestivas, pelas insinuações proverbiais, depois, aos próprios objetos de seu desejo: "são eles os "verdadeiros oráculos"[53]. Já que eles, de perto, transformam-se em precipícios: "Seja qual for o objeto, basta olhar para ele, basta querer descrevê-lo, ele se abre (...), torna-se um abismo..." Quase nos projeta no "grande buraco metafísico"[54].

Com efeito, veja-se como, sob o foco daquilo que Jean-Pierre Richard chama a "consciência examinante do poeta"[55], cada um deles, poliédrico, se metamorfoseia, se desfaz, se fragmenta, se desdiz. Note-se, por exemplo, como o cavalo de Ponge, insólito, para não dizer alucinatório, por mais que o poeta esteja longe dos amigos surrealistas e das percepções na base da tomada de drogas com que Henri Michaux prolonga Baudelaire, aparece, primeiro, como um trono — "o homem, um tanto ou quanto perdido em cima do elefante,

---

51) Idem, p. 192.
52) Idem, p. 201.
53) Idem, p. 239.
54) Idem, p. 108.
55) Em "Francis Ponge", *Onze études sur la poésie moderne*. p. 166.

fica melhor em cima do cavalo, realmente, um trono sob medida";
depois, como um armário — "belo e grande console de estilo! De
ébano ou de acaju encausticado"; depois como uma igreja — "Visto
da abside, a mais alta nave animal na estrebaria..."; depois como
uma cortesã — "um esplêndido traseiro de cortesã, em forma de
coração, em cima de pernas nervosas que elegantemente acabam
mais em baixo em tamancos de salto bem alto"; depois como um
santo, um monge, um papa, um pontífice — "espécie de santo, de
simples monge em oração, na penumbra. Que foi que eu disse, um
monge?... Não, em sua liteira excremencial, um pontífice! Um
papa..."[56] E note-se também como ele salta de ambiente para ambiente
de domesticação — a casa, o bordel, a igreja (há ainda a escola, na
seqüência[57]) —, percorrendo uma infinidade de fases ao sabor das
quais o objeto é como que soletrado. Como insinua o título de um
belo artigo de Jacques Réda[58]. Senão a própria "Respiração artificial",
as próprias "Trações da língua".

Dizer o objeto é dizer aquilo que ele... não é. Papel mesmo da
metáfora, papel de cada figura de linguagem, que para dizer o que é
uma coisa precisa dizer o que ela não é. Por isso mesmo, Francis
Ponge, que fala por figuras, do que não deixa dúvidas seu cavalo,
não pode acabar nunca de dizer objeto nenhum. Em estado de crise
insuperável, o que a poética pongiana assinala é, em síntese, a
consciência dos limites de seu próprio projeto. Continuar a escrever,
diante de uma tal crise, somente é possível em termos irônicos. Nos
termos daquela "ambigüidade altamente desdenhosa, irônica e
tônica", vale dizer, daquela má consciência, que o poeta assume em
outro texto, aqui já citado, de expressiva fortuna crítica, e título
evocador do buraco em que se cai, na literatura como na vida: *Le
soleil placé en abîme*".

É ali que aparece a saída capciosa do *"objeu"* ("o objeto em jogo"?,
"jogo de objeto"?, "objogo"?), representante exacerbado do duplo
pongiano, que conglomera, instalando-se como figura do impasse, o
objeto mais o jogo ou a jogada de linguagem, vale dizer, o mundo e
o homem. O sol brilhando, sem mais escrúpulos, nessa peça de *Pièces*,

---

56) *Pièces*, pp. 146-150.
57) Ver nossa tradução em apêndice.
58) Jacques Réda, *"En épelant - Francis Ponge"*, *La sauvette*. (Soletrando - Francis
   Ponge.)

no topo da criação... e no topo da página. Como aquele que intitula toda a natureza, e é, nesse sentido, mais que um objeto, a condição de possibilidade de todos os outros, que ele dá a ver, e como título do texto, *"en haut et à gauche de cette page"* ("no alto e à esquerda desta página"). Sendo esse o ápice possível: "Pará lá o faremos subir como quem chega ao zênite"[59].

Envolvido, sem solução, com jogos retóricos e objetos, o poeta tanto transporta seus objetos para o mundo da linguagem quanto se acha, diante deles, em transporte. O que explica o *rictus* contrafeito, o sorriso "pelo menos de um lado" — com que sorri, com uma azeitona na boca (!), no poema *"L'olive"*[60]. E suas providências de nomóteta derrisório, que lhe permitem confundir todas as ordens. Uma andorinha podendo ser então... a assinatura dos céus[61]. O camarão saltitante, o desenho de uma vírgula[62]. A barba, o bigode e o pega-rapaz (*"accroche-coeur"*) do ginasta (GYMNASTE), a réplica do "G"[63]. As verdes sendas de um prado, os caminhos da criação[64]. A baba da aranha, "retórico aracnídeo", na expressão de Haroldo de Campos, que empreende, pioneiramente, a tradução do poema *"L'araignée"*[65], o fio do seu discurso. O coração da floresta explodindo de verde em plena primavera, uma "primavera de palavras"...[66] Ponge, como ressalta Jean-Pierre Richard, tem em comum com Mallarmé este "delicioso remédio" que é o humor[67].

Dos muitos textos de *Métodos* indecisos entre *ppc* e *ctm* (*"parti pris des choses"* e *"compte tenu des mots"*), um deles, que se detém na afronta à presença silenciosa dos objetos que é o fato de, a despeito deles, continuarmos a falar, nos leva de volta à pretensão do mundo, para melhor desembocar na expressão, e constitui-se numa ilustração perfeita da falta de saída em que o poeta escolheu, sarcasticamente,

---

59) *"Le soleil placé en abîme"*, op. cit.
60) *"Les olives"*, *Pièces*.
61) *"Les hirondelles"*, *Pièces*.
62) *"La crevette"*, *Le parti pris de choses*. A notar que este do volume *Le parti pris de choses* é um outro poema em torno do camarão.
63) *"Le gymnaste"*, ibidem.
64) *La Fabrique du pré*, p. 19.
65) Haroldo de Campos, "A retórica da aranha" em *O arco-iris branco*.
66) *"Tentative orale"*, *Méthodes*.
67) Op. cit., p. 174.

se alojar. Dita "a bomba" em Cerisy-La-Salle, trata-se de uma conferência feita no Palais des Beaux Artes, em Bruxelas, em 22 de janeiro de 1947, e por felicidade registrada no coração da obra, em *Méthodes*, com o título *"Tentative Orale"*[68].

Intitulada, na época, *"La troisième personne du singulier"*, em alusão a *eles*, os objetos, de que vem fazer, novamente, a apologia, Ponge desimcumbe-se aí, pela primeira vez, de uma prestação pública. Seu problema sendo, assim, também, de procedimento. O que acentua a margem de sombra em que *eles* são deixados, esses terceiros já estruturalmente fora da interlocução, em gramática ditos ausentes. Vem disso, com certeza, a oscilação quanto ao título, e a enorme dificuldade do conferencista de entrar no assunto[69]. Vem disso a eternidade do preâmbulo (*proême!*), o imaginável efeito de estranho sobre o auditório, diante do qual o convidado recua, do mesmo passo em que progride, lamentando sua precipitação.

A seguir-se, aliás, o primeiro dos apólogos do primeiro volume de Ponge, dos idos do decênio de 20, *Douze petits écrits*, não por acaso intitulado *"Le sérieux défait"* ("A seriedade desfeita"), e dedicado a Charles Chaplin, a situação armada na Bélgica é das mais fantasmadas. Falar diante de testemunhas é um perigo fascinante, que se ensaia desde sempre[70]. Toda a séria de contra-efeitos provocados nessa noite de 1947 achando-se prevista no livrinho de estréia, onde a ocasião se antecipa. Tragicômica: "Senhoras e Senhores, a luz está oblíqua. Se alguém fizer careta atrás de mim, me avisem. Eu não

---

68) Ela é transmitida pela Rádio Nacional Belga no dia seguinte. O texto que temos hoje, o mesmo que está em *Méthodes*, é a transcrição corrigida por Ponge a partir de um manuscrito estenografado. Antes de apresentar-se na Bélgica, Ponge fala em Paris, em 16 de janeiro. Originalmente, trata-se de considerações em torno do longo poema *"Le savon"*, cuja escritura entra em pane. Cf. as notas em apêndice à edição Gallimard-Pléiade, pp. 1121-1124. Essa não é a única conferência de Ponge sobre o problemático poema. Ver nossa nota 19, p. 25

69) A oscilação é tal, aliás, que Ponge reformulará sua definição de "terceira pessoa" na entrevista com Sollers: a terceira pessoa é o texto, nascido do encontro entre o sujeito e as coisas, que se tornam uma segunda pessoa, muda ou tácita. Cf. op. cit., p. 171.

70) É impossível não lembrar, a propósito, este fato biográfico conhecido: que Ponge, tomado de súbita afasia, não consegue abrir a boca, por duas vezes, em 1918 e 1919, no oral dos concursos de ingresso para a École Normale Supérieure e Faculdade de Filosofia, apesar do incentivo amistoso do júri. Fato referido, em sua bela apresentação, por Spada, entre outros. E na nossa pequena biografia em apêndice.

sou um palhaço". Beirando a gafe: "Ah, Senhoras e Senhores, será que o meu hálito não está incomodando os da primeira fila?". Virando uma agonia, transferida para o auditório: "Chega, não é, vocês não aguentam mais". E não esqueçamos que Ponge compara ainda, noutra parte, o copo d'água do conferencista ao último que se oferece ao condenado à morte[71].

No discurso do conferencista, uma outra comparação, não menos forte do que esta com os que vão morrer, porá os poetas em relação com os ourives, os marceneiros e os químicos de laboratório. Menos pelo atributo positivo, pelo caráter de fabricantes de objetos ou de inventores que possam ter em comum, mais pelo lado negativo: por nenhum ter motivo para vir a público falar.

De fato, diante de seu auditório, Ponge começa por observar que é tão estranho o escritor ser chamado a pronunciar-se a respeito de seu trabalho quanto qualquer um desses bravos artesãos. Nada garante, ele pondera, que um escritor seja minimamente feito para falar. Quem sabe até não escolheu seu ofício para ficar sozinho... Isto não o impede porém de, à sua maneira, em fugas para a frente, prosseguir. No tom *"joli coeur"* ("certinho", "melífluo") que se requer. "Mas vamos ainda a um parênteses: eu queria também, continuando no tom certinho, agradecer a vocês por terem vindo, e agradecer também aos organizadores desta pequena *soirée*, dizer a eles, e a vocês, o meu reconhecimento, e motivá-los um pouco, e dessa forma talvez aborde insensivelmente o meu assunto." A grifar-se o "insensivelmente".

"Suponhamos que eu tenha um amigo, continua ele, pois. E que esse amigo seja uma árvore (aqui temos a árvore, outra vez). Qual o "dever" das árvores, o "fato" das árvores? Produzir galhos, depois folhas, esse é o seu dever. Ora, sobre essa sua produção, a função que possa ter, o nome que possa levar, a árvore tem lá sua opinião própria. Tanto que num de seus galhos, na linguagem das árvores, teria escrito, *"franchise"* ("franqueza"), noutro, *"lucidité"* ("lucidez"), noutro, *"amour des arbres"* ("amor pelas árvores"), noutro ainda (e aqui, algo do que está para acontecer de terrível já se prenuncia), *"ni bourreau ni victime"* ("nem carrasco nem vítima").

---

71) *"Le verre d'eau"*, *Méthodes*.

Mas eis que um dia apresenta-se um lenhador, que se põe a abater os galhos da árvore assim nomeados. O que parece à mesma árvore, até aqui, normal. Não só porque a poda não lhe faz nenhum mal mas porque, às vezes, até lhe faz bem. O fato é que o lenhador volta à carga, mais ameaçadoramente, dias depois, e desta vez, ele volta com um machado. Cujo cabo, percebe a árvore, é feito com a madeira que lhe foi extirpada. Artefato este, de resto, próprio para continuar extirpando, para abater, mais que alguns galhos, "franqueza", "lucidez", "amor próprio"... a árvore inteira. O que o lenhador se preparar para fazer.

Nesse momento, lemos, a árvore "começa a reagir". As metáforas, nota Ponge, na seqüência imediata, podem ser puxadas para todos os lados. É graças a elas que machado = galho de árvore. E é bem esse o perigo que o apólogo tem o propósito de acusar. A brutalidade do lenhador está em, servindo-se de seu objeto, com desenvoltura propriamente cortante, emprestar-lhe um ofício, e com isso um nome, imprevistos. No caso, o ofício e o nome, de "cabo de machado". Com os quais atributos ele, objeto, não concorda, tendo a respeito, como vimos, uma outra opinião. De mais a mais, fosse concordar com qualquer atentado à sua integridade, por que não, nesse caso, em vez de machado, algo melhor, algo como *"bateau"* ("barco"), *"armoire"* ("armário"), *"table"* ("mesa"), pergunta, pondo-se no lugar da amiga, o conferencista.

Ponge está falando de poesia e de poetas, evidentemente. Mais especificamente, de si mesmo, Francis, nome escondido, mas não ao ponto de não poder ser visto, no galho chamado *"franchise"*, com o qual, feito cabo de machado, a si mesmo se decepa, a si mesmo se sangra[72]. Ponge está falando do ofício em que o objeto do discurso está sempre desdizendo o discurso do objeto, ou da palavra que trai o objeto. Para a sua, dele, objeto, grande comoção: *"Je suis donc du bois dont on fait les haches?"* ("Então eu sou madeira de fazer machado"?).

Mas nosso conferencista, por felicidade, tudo faz para que seus próprios poemas não se comportem assim, como carrascos de si mesmos. E felizmente, a verdadeira poesia, segundo ele, "nada tem a ver com o que se encontra atualmente nas coleções poéticas...". Ao

---

72) Devo essa observação a Derrida. Op. cit., p. 51.

contrário, para ele, "a poesia é o que não se dá por poesia", para ele "as coisas e os poemas são inconciliáveis"[73]. Menos mal.

Sua retórica de um outro tipo nem por isso está a salvo da traição, apressêmo-nos em dizer. Porque, por mais que o poeta-bom-lenhador, identificado ao objeto que o mobiliza, tome o seu partido, se consagre às suas (não tão mudas) instâncias, se quiser chegar a algo de interessante — barco, armário, mesa... — mais que de uma machadada, é, de fato, da árvore inteira que ele também precisará. *"Vous voyez comme c'est compliqué"* ("Veja-se o quanto tudo isso é complicado"), diz-nos o conferencista, nessas alturas.

Inscrita no arbitrário no momento mesmo em que se escreve — o que Ponge verifica também noutra parte, a propósito de árvores, assim: *"l'on ne sort pas des arbres par des moyens d'arbres"* ("não se sai da árvore com a ajuda da própria árvore")[74] — a maior lição do apólogo, senão, porventura, a única, a reter para além de todas as idas e vindas torturantes, parece ser, simplesmente, esta: "as coisas são complicadas". Dito de outro modo: o ajuste das palavras e das coisas não é dos mais fáceis. A madeira das palavras não é pau para toda obra! Todo o problema está, justamente, aí.

No fundo trágica, essa lição não deve justificar, entretanto, nenhuma, para dizer como Ponge, "nostalgia", à la Camus. Camus servindo-lhe, bem ao contrário, em *Proêmes*, para tirar a seguinte conclusão, é inútil dizer, lábil: "Devemos conceber nossa obra como se fôssemos Deus, e trabalhar nela, ou antes *liqüidá-la*, limitá-la, circunscrevê-la, desligá-la de nós, como se ríssemos, por fim, de nossa nostalgia de absoluto"[75]. Noutra formulação, também encontrável em *Proêmes*, a *"rage"* da expressão é dada por uma *"rage froide"* ("uma gana fria")[76]. Uma violência contida, se se quiser. Ou o cúmulo da ironia.

Sigamos o poeta um pouquinho mais de perto. Tomemos suas outras árvores.

---

73) *Méthodes*, p. 198; *"Les choses et les poèmes sont inconciliables"* é uma formulação famosa de *La rage de l'expression*, p. 258.

74) *"Le cycle des saisons"*, *Le parti pris des choses*.

75) *Proêmes*, p. 183. Grifo de Ponge. Desnecessário notar que "liqüidar a obra" (em francês, *"l'achever"*) é, ambiguamente, terminá-la e matá-la, comportar-se e não comportar-se feito carrasco.

76) *Proêmes*, pp. 204-205.

Se é verdade que há em Ponge mais palavras obsedantes — *"sale"*, *"saleté"*, *"trouble"*, *"sordide"*, *"manège"*, *"trappe"* ("sujo", "sujeira", "turvo", "sórdido", "ciranda", "armadilha") que objetos, é também inegável que a "árvore" constui-se, no conjunto dos escritos, em objeto dos mais recorrentes. Ela comparece mais de uma vez ao *Partis pris des choses*, para se desfazer ali "numa esfera de brumas" (*"Les arbres se défont à l'intérieur d'une sphère de brouillard"*), ou gabar-se de ser "enganada" (*"dupe"*; *"Le cycle des saisons"*). Entra, muitas vezes, em *Proêmes*, volume que lhe dedica uma subseção, intitulada *"Le tronc d'arbre"* ("Tronco de árvore"), e onde encontramos, duas vezes, escritos a dois anos de distância, com mínimas modificações, uma delas no título, o mesmo poema (*"Le jeune arbre"*, *"Poésie du jeune arbre"*, poemas cuja sutil diferença, talvez já assinalada nos títulos, consiste em que, num, o poeta não se toma por poeta, mas toma a árvore por árvore). Está, por toda parte, em *Pièces*, mais ostensivamente em *Le platane* (onde Ponge compra briga com Valéry, do que tratamos no primeiro ensaio deste livro). Para não falar de *La fabrique du pré*, onde temos todo um prado; do *Carnet du bois des pins*, igualmente já citado, onde temos todo um pinheiral; e até mesmo de *Le peintre à l'étude*, onde, nas preliminares a *"Note sur les otages"*, voltamos a folhagens e ao mesmo beco sem saída: "Será que a folhagem registra os golpes do vento ou responde a eles? Decida-se (quem quiser)"[77].

Com a árvore o poeta partilha a condição de dizer-se. Pois a árvore vomita em folhas, flores, frutos, cascas sua profusão. Fazendo o quê, aliena-se, mortifica-se, inevitavelmente, já que o faz, necessariamente, a favor do vento. Eis pois, como lemos num dos poemas a ela dedicados no *Parti Pris*: *"les feuilles dérobées"*, *"les fleurs dispersées"*, *"les fruits déposés"*, *"l'écorce 'creusée'"* ("as folhas caídas", "as flores dispersas", "os frutos depostos", "a casca do tronco furada")[78]. Num exercício que é, paradoxalmente, de expressão e de despossessão de si, ela se entrega, assim, a essa manifestação. Tão mais ambivalente quanto a vemos, aqui, mortificada, mas ali, ao sabor de outros ventos, "erguendo-se nos ares" (*"dressé dans l'air"*), a "argumentar o quanto pode"

---

77) *Le peintre à l'étude*, p. 427.
78) *"Les arbres se défont à l'intérieur d'une sphère de brouillard"*, *Le parti pris des choses*.

("*argumenter fortement*"), "do alto de sua muita ciência" ("du haut de son trop de science")[79].

Como o poeta, "*vêtu comme un arbre*" ("de árvore vestido")[80], as árvores fazem, em suma, o que o vento as faz fazer... e o que elas fazem. Como um poema (e talvez não seja demais relembrar aqui que "*poiesis*" é fazer), elas dizem o que dizem... e o que não dizem. Estão no próprio como no impróprio, no limpo como no turvo.

De fato, o vento (a linguagem a favor da qual, inelutavelmente, se fala) não é aqui o único a se fazer ouvir. As coisas são bem mais complicadas. Pois se — voltemos à floresta de *Tentative orale* — na agitação que as toma, na primavera como no outono, as árvores só fizessem aprovar o vento, lhe corresponder, até mesmo lhe resistir, que mérito teriam? Mas não é bem assim, nos diz o conferencista: elas assumem os movimentos do ar, os põem na sua própria conta, fazem do vento o instrumento de sua música, "*pas d'instrument sans musique!*" ("nada de música sem instrumento!"). Assim como assumem o canto dos passarinhos, chamando-o a si. Dando com isso um concerto.

Essa é a razão pela qual, querendo chegar, para finalmente dizê-lo, diante do público que aguarda, ao coração de sua floresta, pela qual havia começado, nosso conferencista-poeta não consegue, compreensivelmente, decidir-se entre "*un tas de feuilles mortes*" e "*le coeur*" ("un monte de folhas secas" e o "coração"). Vale dizer, entre as folhas verdes e as de papel. Entre a criação e a criação! Só lhe restando, para terminar a *soirée* belga em grande estilo, debruçar-se sobre a mesa que lhe serviu o tempo todo de apoio e, depois de despedir-se dela — "...*Chère table, adieu!*" — depositar nela um beijo.

Como nos conta o editor deste "*morceau de Bravoure*" que ele faz. Aliviado não apenas por livrar-se do público mas por constatar — não se sabe se na contramão ou a favor da poesia ou do objeto — que ela, mesa de madeira, tronco de árvore em carne viva, não se toma por um piano.

---

79) "*Mon arbre*", *Proêmes*.
80) "*Le jeune arbre*", *Proêmes*.

Francis Ponge, 1952 (foto Izis).

PONGE & BORGES

> *"Oscuramente*
> *livros, láminas, llaves*
> *siguen mi suerte."*
> Borges
> "Diecisiete Haiku", *La Cifra*, 1981

Conversando com Antonio Carrizo, a quem terá dado, muito provavelmente, nos 80 anos, sua melhor longa entrevista[1], até porque Carrizo, um radialista argentino, terá sido, muito provavelmente, seu mais surpreendentemente refinado interlocutor, Borges assume o ponto de partida, no limite filosófico, de Ponge: *"yo he sentido siempre asombro ante las cosas"*. Voltando então, sob a instigação do mesmo Carrizo, ao poema *"Casi juicio final"*, de *Luna de enfrente*:

> "He atestiguado el mundo, he confessado la rareza del mundo.
> He cantado lo eterno: la clara luna volvedora y las mejillas que apetece el amor.
> He commemorado con versos la ciudad que me ciñe
> Y los arrabales que se desgarran.
> He dicho asombro donde otros dicen solamente costumbre."

Não raro assombrado, como confessa, pelos mesmos costumeiros objetos, entre apassivados e animados, objetos e sujeitos, que em Ponge avassalam o centro da cena, a exemplo ainda deste "As coisas" do *Elogio da sombra*,

---

1) *Borges el memorioso - Conversaciones de Jorge Luis Borges con Antonio Carrizo.* México: Fondo de Cultura Económica, 1983. São entrevistas concedidas por ocasião do aniversário de 80 anos, gravadas entre julho e agosto de 1979 e transmitidas diariamente, em agosto desse mesmo ano, pela Rádio Rivadavia de Buenos Aires, das 12 às 15:30, em caráter comercial.

"A bengala, as moedas, o chaveiro,
A dócil fechadura, as tardias
Notas que não lerão os poucos dias
Que me restam, os naipes e o tabuleiro,
Um livro e em suas páginas a desvanecida
Violeta, monumento de uma tarde
Sem dúvida inesquecível e já esquecida,
O rubro espelho ocidental em que arde
Uma ilusória aurora. Quantas coisas,
Limas, umbrais, atlas, taças, cravos,
Servem-nos, como tácitos escravos,
Cegas e estranhamente sigilosas!
Durarão para além de nosso esquecimento;
Nunca saberão que partimos em um momento."[2]

Borges os vê remanescer secretamente no mesmo silêncio obstinado
— "estranhamente sigilosas!" — sobre o qual discorre longamente,
em *Métodos*, o conferencista de "Tentativa oral", ao tomar o partido
do mundo mudo contra nós outros falantes que o ignoramos:

"... estou falando das chaves que vocês trazem nos bolsos, de todos
esses objetos que nos acompanharam, ou que nos esperaram aqui, e
estão aqui conosco, e que devem se calar à força — talvez a contragosto
— e dos quais não tomamos nunca conhecimento, sabem, nunca."[3]

Arrola-os exaustivamente, como em *"Curso de los recuerdos"*, de
Cuaderno San Martin, onde se trata, em enfiada, de jardim, plantas,
palmeira, moinho, roda de moinho, sótão... Confirma-osS, como noutra
extremidade da obra, mais de 50 anos depois, no poema "Buenos Aires"
de *La cifra*, onde temos, em idêntica vertigem: a cancela de ferro,
jasmins e poço, a divisa rubra que desbotou, solário, faróis de gás,
carretas de terra, o pátio dos escravos... Agradece-os por existirem,
como em *"Un pátio"*: "Grato é viver na amizade escura/de um saguão,
de uma parreira e de uma cisterna"[4]. Almeja sua consistência, quer

---

2) *Obras completas* II. São Paulo: Globo, 1999. Tradução de Carlos Nejar e Alfredo
Jacques. Ao citar Borges em português, citaremos sempre, daqui por diante, a
partir dessa edição, apontando os volumes e tradutores.
3) *Méthodes*, p. 244. Tradução de Leda Tenório da Motta para a edição Imago de
1997. Ver a respeito dessa conferência, aqui mesmo, o ensaio "Quando eu digo
que... quero dizer... ou melhor".
4) "Fervor de Buenos Aires". Tradução de Glauco Mattoso e Jorge Schwartz.

confundir-se com eles, como em *"Llaneza"*: "Isso é alcançar o mais alto,/ o que talvez nos dará o Céu:/ não admirações nem vitórias/ mas simplesmente sermos admitidos/ como parte de uma Realidade inegável,/ como as pedras e as árvores"[5].

E não é certamente estranha a isso, pondere-se, sua iniciativa de traduzir, em 1947, apenas cinco anos depois da primeira publicação na França, e bem antes do reconhecimento de Ponge em sua própria casa, dois poemas de *Le parti pris des choses, "Bords de mer"* (*Orillas de mar*) e *"De l'eau "(Del agua)*, para a cosmopolita revista *Sur* de Victoria Ocampo[6]. Bem ao contrário, com o poeta de que se ocupa assim tão cedo, e em que pese a ironia que geralmente reserva ao mundo francês (Victor Hugo, Valéry, Flaubert, Verlaine e por vezes Mallarmé excetuados), referindo-se à vanidade de suas muitas vanguardas, retaguardas e defesas de Dreyfus[7], parece que Borges revela aí uma tão imensa quanto inexplorada, senão insuspeita, afinidade.

A começar pelo gosto dos objetos, precisamente. Que em Borges também pensam e sentem. Como ele explica a Carrizo: "... é impossível que uma rosa, por exemplo... não possa pensar: em cores, ou fragrâncias, mas tem que sentir algo. A árvore e a rosa têm que corresponder a alguma paixão, digamos, secreta. Que nós ignoramos, claro, ou ... só conhecemos sob essa espécie da sombra, do frescor, da fragrância"[8].

E muito embora, em Borges, invertendo Ponge, o que acaba dando na mesma, sejam mais os objetos a descuidarem de quem os circunda — "Durarão para além de nosso esquecimento;/Nunca saberão que partimos em um momento". Como muitos outros deles vêm igualmente fazer. A exemplo da "grande árvore da rua Junín", inseparável da definição de Buenos Aires, no poema que leva o nome da cidade, também de *Elogio da sombra*, árvore que, "sem saber, nos depara sombra e frescor"[9]. A exemplo de outras árvores anteriores, objetos estes que insistem no universo do argentino tanto

---

5) Idem.
6) Revista *Sur*, Buenos Aires, Ano XVI, n. 147-148-149, jan.-fev.-mar. de 1947. Inseridas no volume *Jorge Luis Borges en Sur*. Buenos Aires: Emecé, 1999.
7) Cf., por exemplo, "O paradoxo de Apollinaire", texto inicialmente publicado no suplemento *El hogar*, recolhido, por exemplo, na edição Gallimard-Pléiade das Obras, I, 1993, pp. 1248-1251.
8) Op. cit., p.127.
9) "Buenos Aires", *Elogio da sombra*. Tradução de Carlos Nejar e Alfredo Jacques.

quanto no do francês, aqui porém solícitos, objetos cuja solicitude o poeta não sabe a que atribuir: *"voluntad ou azar de dar sombra fueron tus árboles"*[10]. A exemplo dos próprios dedos e da barba do poeta, no inesperado poema "As unhas", de *O fazedor*, onde o poeticamente raro objeto "unhas", reconvocado no décimo dos *Dezessete Haiku*[11], define-se como "lâminas córneas, semitransparentes e elásticas...", passando perto de uma formulação não menos rara de Ponge: "o camarão, do tamanho de um bibelô ordinário, tem uma consistência pouco inferior à da unha"[12].

Pois o que aí, de fato, se lamenta, em direção contrária à predominantemente pongiana, mas nos mesmos termos fervorosos ou dentro da mesma obsessão, é a airosa distância das coisas — sua recalcitrância de ostra, diria Ponge, em bom francês[13] — relativamente a quem delas está muito perto:

> "Dóceis meias os afagam de dia e sapatos de couro pregados os fortalecem, mas os dedos de meus pés não querem saber. Nada mais lhes interessa além de emitir unhas: lâminas córneas, semitransparentes e elásticas para se defenderem; de quem? Brutos e desconfiados como eles só, não deixam nem por um segundo de preparar esse tênue arsenal. Renegam o universo e o êxtase para seguir elaborando infindavelmente pontas inúteis, que aparam e tornam a aparar as bruscas tesouradas de Solingen. Em noventa dias crepusculares de resguardo pré-natal estabeleceram essa única indústria.Quando eu estiver sepultado em La Recoleta, em uma casa cinzenta guarnecida de flores secas e talismãs, continuarão seu obstinado trabalho, até que os modere a decomposição. Eles e a barba em meu rosto."[14]

Gosto dos objetos impassíveis, portanto. Como são ainda impassíveis os espelhos que, ou multiplicam, apesar delas, as criaturas, ou não sabem que refletem a última cara de alguém — Buenos Aires é também, lembremos, "o último espelho que refletiu a cara de meu pai"[15]. Ou como está posto em sua eternidade, e não na boca, nas palavras, no

---

10) "Curso de los recuerdos", *Cuaderno San Martin*.
11) *"El hombre ha muerto./ La barba no lo sabe./ Crecen las uñas."*
12) *"La crevette dans tous ses états"*, *Pièces*.
13) Cf. o poema *"L'huître"*, de *Le parti pris des choses*, p. 35-36: "c'est un monde opiniâtrement clos".
14) Idem. Tradução de Josely Vianna Baptista.
15) "Buenos Aires", *O Elogio da sombra*.

domínio de quem a diga, a rosa amarela que, na véspera de sua morte, Giambatista Marini é incapaz de exprimir[16]. Ou como, por isso desonradas, respondem pela morte de Francisco López Merino "as rosas que não souberam demorar-te"[17]. Ou como acha-se concentrado em sua própria fuga aquilo que Borges chama "O quarto elemento", a água (a mesma água de Ponge, a água do *Parti pris*, "*De l'eau*"!), cuja atenção o poeta põe-se a suplicar: "Água, eu te suplico. Por este sonolento/ Enlace de numéricas letras que te digo,/ Recorda-te de Borges, teu nadador e amigo"[18].

Objetos tão mais separados, fixados em seu autocentramento, para Borges, quanto é o poeta que se sabe, comparado a eles, insignificante. Ao passo que em Ponge a mesma súplica — dirigida a um bosque de pinheiros, por exemplo — parte antes da verificação da irrelevância, admitido o nosso descaso para com eles, objetos, e antes que um bom poeta os venha a nomear, do próprio pinhal. E é antes Ponge, assumindo por outro lado o mesmo repto, que precisa reparar nele, pinhal: "Surgi pinhais, surgi na palavra. Não vos conhecemos. — Fornecei a vossa fórmula. — Não foi em vão que F. Ponge reparou em vós..."[19].

Ora, de qualquer lado que se esteja desse mesmo território poético sensível a uma recôndita materialidade do mundo, cuja "fórmula" não se tem — daí um infinito comentário de inclinação cabalística em Borges, e o "buraco metafísico" em que Ponge teme cair[20] — e aliás porque nos dois casos se trata de uma particular sensibilidade a um mundo exterior cifrado, é com a mesma contida veemência que se cuida, nos dois casos, da expressão do segredo de tantas chaves, moedas, rosas, espadas, punhais, gatos, luas, e estes também físicos objetos, os livros, para só citar alguns espécimes do *chosier,* digno do *Parti pris,* do autor de *Ficções;* de tantas árvores, pedras, frutos, de tantos animais aquáticos, de tantos modestos acontecimentos, como um vôo de andorinha ou um movimento em vôo de pássaro de uma

---

16) "Uma rosa amarela", *O fazedor.*
17) "*Cuaderno San Martin*", *A Francisco López Merino.* Tradução de Josely Vianna Baptista.
18) "Poema do quarto elemento", *O outro, o mesmo.* Tradução de Leonor Scliar-Cabral.
19) *Le carnet du bois de pins.* Tradução, já citada à p. 47, nota 10, de Leonor Nazaré.
20) *Méthodes,* p. 247.

veneziana de janela[21], para só citar uma parcela do rol de eternidades, digno de um *Atlas* ou de um *Manual de zoologia fantástica*, do autor de *La rage de l'Expression*.

Nascidos no mesmo ano de 1899, e chegando ao Centenário no mesmo grande momento, depois de atravessarem o século como contumazes generosos viajantes conferencistas, engendrados a partir do mesmo bloqueio de fala, a sustentar, num uníssono à distância, a vanidade de quaisquer profissões estéticas, a bruma das escolas poéticas, o patético do absurdo existencialista, a superfluidade de se querer ser moderno, e apesar do espanto diante do mundo, a precedência da literatura sobre a filosofia (pois se a metafísica é para Borges um ramo da literatura fantástica, como bem sabemos, também Ponge nos diz que troca a filosofia pela mais ínfima fábula, como quem muda apenas de grau[22])... os dois têm ainda o mesmo dom de nem poderem desvendar, verdadeiramente, o segredo, por assim dizer cósmico, que exploram, nem silenciar por completo o ruído de suas linguagens. Que eles sabem interpostas, como um instrumento abusivo e mais que tudo externo, às evidências ou emoções almejadas.

O que, de um lado, fará Ponge exclamar, com mais desenvolta insistência, muitas vezes de dentro de seus parênteses, coisas como *"mon stylo cracha viollement ici"* (aqui, "minha caneta cuspiu feio")[23]. De outro, levará Borges octogenário a envergonhar-se de muito do que escreveu, ao ponto de dizer repetidamente a Carrizo: *"Bueno, olvidemos esa retorica. Esa descalabrada retorica"*[24]. Borges renegando, aliás, sua arte quase que com as mesmas palavras — *"olvidemos esa retorica. (...) Sin duda, es una medida higiénica, no?"* — com que Ponge renega a sua, quando salienta, por exemplo, num trecho dos mais conhecidos, que "fundar uma retórica", isto é, escapar do retórico, sair da "engrenagem" (*manège*), constitui *"oeuvre de salut publique"* ("obra de salvação pública")[25]. E o que os levará também a tender a recomeçar eternamente: quantas Buenos Aires em Borges, quantas retomadas do estudo de uma simples fruta, por

---

21) *"Le volet suivi de sa scholie"* (A veneziana e seu escólio), *Pièces*.
22) *"Pages Bis"*, *Proêmes*. Ver p. 14.
23) Idem, p. 39.
24) Op. cit., pp. 163-164.
25) *"Rhétorique"*, *"Natare piscem doces"*, *Proêmes*.

exemplo um figo, por isso mesmo dito "figo de palavras", em Ponge![26]

Sem que, contudo, nem um nem outro deixe de recorrer a expedientes os mais poderosos de estilização. Mais especificamente, a uma singular percussão adjetiva, tensionada entre sua extrema contundência e uma paradoxal exigência de contenção. Já que ambos têm, junto com uma escritura para dizer o mínimo difícil — o que não impede o desprezo pela estridência das vanguardas: recuo de Borges em relação ao passado de ultraísta, tomadas de posição de Ponge em relação aos surrealistas, e nos dois casos, a mesma crítica ao primado da metáfora — idêntico desgosto pela ênfase, pelo ouropel, pelo, como diria Borges, "depravado princípio de ostentação verbal"[27].

Tensão de que resultam, nos dois casos, apesar de ambos tenderem, na ambigüidade de suas categorias genéricas, à narração — "proemas" dissertativos de Ponge, textos borgesianos interconectados aos volumes de versos, como, em *El hacedor*, "*Borges y yo*" — duas línguas verdadeiramente estranhas. Tão mais estranhas, de resto, quanto dão a impressão de ordinárias (e aí está o sucesso de Borges, obtido junto a um público que em algum nível ordinário deve lê-lo, a menos que o escritor tenha conseguido, como bom prestidigitador que sempre foi, reconciliar o grande público e a grande literatura, a confirmar essa impressão!).

São discretas mas nem por isso menos evidentes glossolalias que, em seu movimento rumo ao "secreto centro" das coisas, como diria ainda Borges, só aparentemente movimentam aquilo que Valéry (que Borges admira mais que Ponge, encontrando em *Monseiur Teste* um excêntrico à altura de uma personagem de Chesterton) chamava "prosa", diferenciando-a, em sua natureza comunicativa, da poesia[28].

Embora Borges chegue a dizer de um poema como "*La noche que en el sur lo velaron*" — o que certamente vale mais pela ironia

---

26) *Comment une figue de paroles et pourquoi* (1977).

27) *O Aleph:* "Releu-me, depois, quatro ou cinco páginas do poema. Corrigira-as de acordo com um depravado princípio de ostentação verbal: onde antes escreveu *azulado*, agora abundava em *azulino*, *azulego*, e até mesmo *azulilho*. A palavra *leitoso* não era bastante feia para ele..." Tradução de Flávio José Cardozo.

28) Paul Valéry, "*Propos sur la poésie*", "*Poésie et pensée abstraite*", *Variété*, *Oeuvres*, I. Paris: Gallimard-Pléiade, 1957.

— que *"es menos un poema que un capitulo de novela, no?"*[29] Ele que admite, no "Prólogo" ao *Elogio da sombra*, que as divergências entre as duas formas são "acidentais", pois é o escritor quem deseja que o que escreve seja lido como um livro de versos, é o leitor quem dá sentido poético ao que lê. Ora, na linha dessa acidentalidade e sua relação ao desejo do escritor, não fica difícil perceber que aquilo que Borges está apontando é a mesma disposição de espírito que Ponge denomina "rage", e vimos traduzindo por uma série de sinônimos da palavra elã. Com tudo o que a "rage" pongiana comporta de dramática tomada de distância em relação à prosa da informação e do raciocínio, e ainda de emoção.

Emir Rodriguez Monegal devia estar pensando nesses pontos cegos do irrazoável e do emotivo — de que dão igualmente testemunho os contos de Borges, mais próximos de *"tale"* que de *"short story"*, tanto quanto Ponge avizinha-se do fabuloso, pondo-se explicitamente na tradição de La Fontaine — ao notar que o único exotismo de Borges, cuja fantástica não se confunde com o realismo mágico de um Carpentier, nem banha no bizarro latino-americano, consiste no fato de o escritor ser um estranho em relação à literatura de seu próprio país[30]. Ora, conterrâneo, amigo, comentador e, por vezes, editor do autor do *Parti pris*, dados os seus ofícios bem conhecidos na *Nouvelle revue française*, Jean Paulhan não pensava outra coisa de Ponge! Que haveria de mais estranho, com efeito, em matéria de língua literária da modernidade avançada, que a *História universal da infâmia* ou aquele volume pongiano, ele também entre a prosa de ensaio e a ficção, mas com ímpeto poético, implausivelmente, intitulado *Lyres*?

Tomem-se, de um lado, as famosas silepses pongianas, com seu desconcertante duplo pertencimento, ao próprio e ao figurado, a este e aquele mundo, querendo cancelar, por exacerbamento flagrante do exercício de estilo, o que uma retórica inconsciente de si mesma não poderia senão repisar: a invisibilidade ou insignificância ou inexistência da realidade sensível. Dada a indiscursividade de tudo aquilo que nos circunda se não for olhado com novos olhos, significado com imaginação ou potência verbal ou suspensão (chestertoniana, temos vontade de dizer) da incredulidade.

---

29) A Carrizo, op. cit., p. 176.
30) Emir Rodriguez Monegal, *Borges*. Paris: Seuil-Écrivains de Toujours, 1970, p. 7.

São dessa índole retórica, verdadeiros *jeux-de-mots*, ou como diria Ponge *"objeux"*, mais eloqüentes pelo jogo ou pela jogada em si que pela sua constrangida descrição, objetos sentenciosamente engenhosos como os peixes de Francis Ponge, que deixam no fundo da frigideira um "caramelo de pele frita", tendo o gosto, a vista, a audição *"odaurades"* ("à dourado", mal traduzindo)[31]. Ou o Claudel de Francis Ponge, um "enorme dôlmen", uma "tartaruga", nas palavras do poeta, espécie de albatroz definitivamente pedestre ou decaído, de marcha compreensivelmente lenta então, um Claudel que, por isso mesmo, em Ponge, *"claudique"* (Claudel "claudica")[32]. Defendendo, por sinal, o paradoxo de Zenão!

Como são à sua maneira construídas, por mais que queiram passar despercebidas, as analogias de Borges, suas terrivelmente recorrentes hipálages (a hipálage é a atribuição a uma palavra de algo logicamente só cabível para outra). Com seus efeitos igualmente insólitos, fantásticos, quer dizer, no fundo, não metaforizantes, mais contrastantes que comparativos, tais que a "desaforada planície" ("O sul"), a "sincera porta" ("A noite em que no sul o velaram"), o "sedentário hospital" ("Deutsches requiem"), a "cinza minuciosa" ("Mortes de Buenos Aires / A Recoleta"), a "íntima faca na garganta" ("Poema conjetural")... Coisas em que Italo Calvino tem razão de ver um milagre estilístico, saído de um emprego do epíteto sem par em língua espanhola[33].

A modificação da realidade pela literatura, o mundo como versão do mundo são, nos dois casos, outros pontos pacíficos. Embora um poeta persiga, notoriamente, a continuação do sonho, essa "tela submersa ou caótica", na realidade, fato de que certos tigres são uma ilustração perfeita, ao ponto de Borges, antes de dormir, se propor (e nos dizer), não sem certo fantasma de onipotência, como já se notou: "...vou produzir um tigre"[34]. Enquanto que o outro poeta busca uma realidade mais pétrea por entre espaços já sonhados, isto é, já imaginariamente povoados, já ditos e reditos: "No lugar das sempiternas nuvens, enfim o céu puro momentaneamente com

---

31) *"Plat de poissons frits"*, *Pièces*.
32) *"Prose de profundis à la gloire de Claudel"*, *Lyres*.
33) Italo Calvino, "Jorge Luis Borges", *Porque ler os clássicos*. Op. cit.
34) *"Dreamtigers"*, *O fazedor*. A alusão à onipotência é de André Green em *"O progresso e o esquecimento"*, *O desligamento*. Rio de Janeiro: Imago, 1994.

estrelas! Enfim pedras viradas para nós e que descerraram as pálpebras, pedras que dizem SIM!"[35].

O caráter artificioso da realidade depreendendo-se, de parte a parte, do reconhecimento do quanto o mundo, quer se esteja de olhos bem abertos ou bem fechados, é sempre uma logosfera, o prolongamento ou efeito de uma biblioteca. E aliás por outra feliz coincidência, nos dois casos, uma biblioteca herdada do Pai. Como esclarece o trecho famoso do *Ensaio autobiográfico* em que Borges nos fala da descoberta dos livros, anterior à da própria vida, como o mais importante acontecimento de sua vida. A que faz eco o trecho famoso de *Métodos* em que Ponge nos fala do verdadeiro tesouro que, menino, encontrava dentro de sua própria casa, na coleção de obras de seu pai poeta menor (como o de Borges, lembremos).

Já que é no interior dos livros, e não raro, para os dois, nos dicionários e enciclopédias, que estes falsos poetas do sensorial, e verdadeiros poetas da linguagem, captam melhor a presença das coisas. As coisas que, em sua ordem, "adoecem de irrealidade", como o *"Paseo de Julio"* em *Cuaderno San Martin*, ou o sol de *"Le soleil placé en abime"*, de que o poeta nos diz que "se levanta sobre a literatura". Impondo as "retóricas por objeto" em Ponge, em Borges, a correspondência de qualquer assunto, "por ocasional ou tênue que seja, (a) uma estética peculiar"[36].

É de uma memória livresca, em suma, que se aproveita, nos dois casos, a memória do mundo. Borges sobre a enciclopédia: *"Aquí (...) una gravitación y una presencia"*[37]. Ponge sobre o partido das coisas como devedor do gênero dicionário: "reencontrar a palavra, fundar meu dicionário"[38]. Uma memória atenta ao desgaste das palavras, e por isso mesmo ciosa da ciência etimológica, promotora em Ponge do fundo latino do *Littré,* causa em Borges de uma vida de escritor dedicada também à filologia: "Sem me propor isso a princípio, consagrei minha já longa vida às letras, à cátedra, ao ócio, às tranqüilas aventuras do diálogo, à filologia, que ignoro, ao misterioso hábito de Buenos Aires e às perplexidades que não sem certa soberba se chamam metafísica"[39].

---

35) "Des cristaux naturels", *Méthodes.*
36) "Prólogo", *La moneda de hierro.*
37) *"Al adquirir una enciclopedia"*, *La cifra.*
38) *"Pages bis"*, *Proêmes*, p. 189.
39) "Prólogo", *Elogio da sombra.*

Apesar de também os livros, quer dizer, as palavras, mesmo quando tomadas em seu étimo — em seu mais profundo porque mais remoto gesto simbólico, em sua última cifra, enfim — deixarem passar o essencial, evanescente, por todos os lados. Borges sobre um de seus tigres: "Corre a tarde em minha alma e pondero/ Que o tigre vocativo de meu verso/ É um tigre de símbolos e sombras, Uma série de tropos literários/ E de memórias de enciclopédia,/ Não o tigre fatal..."[40]. Ponge sobre seu prado, mais que nunca cônscio da realidade do meio linguageiro em que se move: "Tomar um tubo de tinta verde, espalhar sobre a página/ Não é fazer um prado"[41].

Trata-se da recaptura em livro de um mundo-livro, com seus objetos-textos, que sabe que malogra a cada tentativa — "desmesurado projeto de cifrar o universo, escreve Borges[42] — daí tantos tigres, que aliás saem primeiro das enciclopédias que do zoológico ao lado de casa em Palermo, daí tanto cansaço dos tigres, tanto recomeço, até *Mi último tigre*", ironicamente o que vem, por fim, lamber a cara de seu observador, em um derradeiro texto em torno do velho obsedante tema: *"Ese último tigre es de carne y hueso. Con evidente y aterrada felicidad llegué a ese tigre, cuya lengua lamió mi cara..."* Embora o poeta saiba que também esse tigre não é o tigre: *"No diré que ese tigre que me assombró és mas real que los otros"*[43]. Daí Borges dizer a Carrizo, enfim, mencionando "Ruínas circulares", um de seus melhores contos segundo ele mesmo: "(...) creo que ahora prescindiría de leopardos y de pájaros"[44].

Daí também a própria idéia de "proema" em Ponge: simples nota preliminar, simples esboço de tela pretensamente virgem e sabidamente inconclusiva. Daí cada novo passo do trabalho de escrever ser uma superação do passado, e o presente resumir-se finalmente numa eterna tentativa. Daí o mar de Ponge aparecer, em *"Bords de mer"* como um livro que se folheia, nunca verdadeiramente lido. Dito na voz de Borges:

---

40) "O outro tigre", *O fazedor.*
41) *"Le pré"*, *La fabrique du pré.*
42) "A lua", *O fazedor.*
43) Em *"Atlas"* (1984).
44) *Conversaciones de Jorge Luis Borges con Carrizo*, p. 225.

"Ni el ciego puñal de las rocas, ni la más perforadora de las tormentas que hacen girar atados de hojas al mismo tiempo, ni el ojo atento del hombre usado con dificultad y por lo demás sin control en um medio inaccesible a los orificios destapados de los otros sentidos y trastornado más todavia por un brazo que se hunde para agarrar, han leído ese libro."

Borges descobre Ponge em meio às freqüentações do grupo *Sur*, que por seu turno descobre a contemporaneidade francesa, na mão dupla do trânsito Paris-Buenos Aires patrocinado por Ocampo, nos mesmos anos 30 em que começam a sair na revista da cunhada de Bioy Casares os contos de *Ficções* e do *Aleph*, representantes, juntos com *El hacedor*, da obra magna borgesiana. Época essa em que passa pela capital argentina gente como Valéry Larbaud, que saúda o renegado volume *Inquisiciones*, em 1925; Drieu la Rochelle, futuro responsável pela *Nouvelle revue française* (onde Ponge trabalhará) à delicada época da Ocupação, por ora autor da frase célebre, de 1933, "*Borges vaut le voyage*"; Roger Caillois, com quem Borges polemiza nas páginas da *Sur*, que introduz Borges na França desde os anos 40, o traduz para o volume Pléiade organizado, durante anos, por Jean-Pierre Bernès, e prepara assim o caminho para a abertura não menos célebre e celebrizante de *Les mots et les choses* de Foucault.

Nessas condições, digamos que Borges — tradutor que é de Oscar Wilde aos 7 anos, de Henri Michaux, Walt Whitman, Kafka, Faulkner, Virginia Woolf..., como seria de se esperar, aliás, de quem pensa, palimpsestuosamente, que o conceito de texto acabado pertence apenas à religião e ao cansaço — tinha tudo para se fixar no poeta dito dos objetos. Ainda que alguns se perguntem se as duas traduções do *Parti pris* não teriam sido o resultado de alguma encomenda, e pretendam que é antes Ponge o leitor de Borges. Ponge a quem provavelmente não terá escapado, em 1964, um volume dos *Cahiers de l'Herne* inteiramente dedicado a Borges, com intervenções de colaboradores do mundo todo, e que, de seu lado, acompanha as andanças dos homens da *NRF*, e talvez tenha aproveitado, nos anos 70, como também se pretende, certa idéia do cíclico em Borges[45].

---

45) Cf. Luis Chitarroni, dossiê "Rescates", revista *Babel*, septiembre de 1989. A revista traz, nesse número, entre outras traduções de *Le parti pris des choses*, as duas de Borges. Não encontramos nenhuma menção a essa inspiração, entretanto, nem na Cronologia nem nas generosas Notas da edição das Obras de Ponge na Pléiade de 1999.

Entretanto, mesmo admitindo a hipótese da tradução encomendada, é inegável que, em certo sentido, Ponge reage, pensa e fala como Borges. Não apenas dando importância a muitas das mesmas simples coisas que interpelam e comovem o argentino mas disseminando, ele também, paradoxos, aproximando qualidades ou conceitos tão distantes que só a arte da conjetura ilimitada, que define a metáfora em *Historia de la eternidad*[46], os poderia articular.

É o que acontece no poema *De l'eau*, justamente, sobre o qual o futuro célebre tradutor vai se debruçar, reescrevendo-o assim:

> "Es blanca y brillante, informe y fresca, pasiva e obstinada en su único vicio: el peso; y dispone de medios excepcionales para satisfacer ese vicio: contornea, atraviesa, corroe, se infiltra"[47].

Seduzido também, parece, por uma outra virtude paradoxal ou qualidade maravilhosa do objeto, a virtude da fluidez, a mesma que faz a rã se esgueirar quando o poeta Francis Ponge a toma nas mãos[48]. A água, que nos escapa entre os dedos, não se deixando assim aprender, nem por isso deixa, ao mesmo tempo, de nos marcar.

Tanto é real em sua irrealidade (ou seria o contrário?):

> "Se me escapa y sin embargo me marca; y poca cosa puedo hacer en contra./ Ideologicamente es lo mismo: se me escapa, escapa de toda definición, pero deja en mi espíritu, y en este papel, huellas, huellas informes."[49]

---

46) "La metáfora", *Historia de la eternidad*: "modos de indicar o insinuar (...) secretas simpatías de los conceptos (que) resultan, de hecho, ilimitadas."

47) Ver mais adiante, pp. 85-86, o poema *"La grenouille"*.

48) "Elle est blanche et brillante, informe et fraîche, passive et obstinée dans son seul vice: la pesanteur; disposant de movens exceptionnels pour satisfaire ce vice: contournant, transperçant, érodant, filtrant."

49) "Elle m'échappe et cependant me marque, sans que j'y puisse grand-chose. / Idéologiquement c'est la même chose: elle échappe à toute définition, mais laisse dans mon esprit et sur ce papier des traces, des taches informes."

*Colóquio de Cerisy, Década Francis Ponge, agosto de 1975.
Da esquerda para a direita: Francis e Odette Ponge, Raymond Jean,
Jacques Derrida, Jean Tortel (Coleção Joseph Julien Guglielmi).*

POEMAS

LE CHEVAL

Plusieurs fois comme l'homme grand, cheval à narines ouvertes, ronds yeux sous mi-closes paupières, dressées oreilles et musculeux long cou.

La plus haute des bêtes domestiques de l'homme, et vraiment sa monture désignée.
L'homme, un peu perdu sur l'éléphant, est à son avantage sur le cheval, vraiment un trône à sa mesure.
Nous n'allons pas, j'espère, l'abandonner?
Il ne va pas devenir une curiosité de Zoo, ou de Tiergarten?
Déjà, en ville, ce n'est plus qu'un misérable erzats d'automobile, le plus misérable des moyens de traction.

Ah! c'est aussi - l'homme s'en doute-t-il? - bien autre chose. C'est l'impatience faite naseaux.
Les armes du cheval sont la fuite, la morsure, la ruade.
Il semble qu'il ait beaucoup de flair, d'oreille et une vive sensibilité d'oeil.
L'un des plus beaux hommages qu'on soit obligé de lui rendre, est de devoir l'affubler d'oilllères.
Mais nulle arme...
D'où la tentation de lui en ajouter une. Une seule. Une corne.
Apparaît alors la licorne.

Le cheval, grand nerveux, est aérophage.
Sensible au plus haut point, il serre les mâchoires, retient sa respiration, puis la relâche en faisant fortement vibrer les parois de ses fosses nasales.

O CAVALO

Muitas vezes como o homem grande, cavalo de narinas abertas, redondos olhos debaixo de semicerradas pálpebras, orelha em pé e musculoso pescoço comprido.

O mais alto dos animais domésticos do homem, realmente sua montaria designada.
O homem, um tanto ou quanto perdido em cima do elefante, fica melhor em cima do cavalo, realmente um trono sob medida.
Não vamos agora, eu espero, abandoná-lo?
Ele não vai virar uma curiosidade de Jardim Zoológico, ou de Tiergarten?
Já basta que, na cidade, não passe de um miserável ersatz de automóvel, o mais miserável dos meios de tração.

Ah! mas ele é também - será que o homem desconfia? - mais uma coisa. É a impaciência feita focinho.
As armas do cavalo são a fuga, a mordida, o coice.
Dir-se-ia que tem muito faro, que tem ouvido e o olho sensível.
Uma das mais belas homenagens que somos obrigados a render-lhe é termos que aparatá-lo com viseiras.
Nenhuma arma porém...
Daí a tentação de lhe adicionarmos uma. Só uma. Um chifre.
É assim que entra em cena o licorne.

O cavalo, grande nervoso, é aerófago.
Sensível no mais alto grau, ele cerra os maxilares, prende a respiração, depois solta, fazendo vibrar fortemente as paredes das fossas nasais.

Voilà aussi pourquoi le noble animal, qui ne se nourrit que d'air et que d'herbes, ne produit que des brioches de paille et des pets tonitruants et parfumés.

Que dis-je, qu'il se nourrit d'air? il s'en enivre. Le hume, le renifle, s'y ébroue.

Il s'y précipite, y sécoue sa crinière, y fait voler ses ruades en arrière.
Il voudrait évidemment s'y envoler.
La course des nuages l'inspire, l'irrite d'émulation.
Il l'imite: il s'échevelle, caracolle...
Lorsque claque l'éclair du fouet, le galop des nuages se précipite et la pluie piétine le sol...

Aboule-toi du fond du parc, fougueuse hipersensible armoire, de loupe ronde bien encaustiquée!
Belle et grande console de style!
D'ébène ou d'acajou encaustiqué.
Caressez l'encolure de cette armoire, elle prend aussitôt l'air absent.
Le chiffon aux lèvres, le plumeau aux fesses, la clef dans la serrure des naseaux.
Sa peau frémit, supporte impatiemment les mouches, son sabot martèle le sol.
Il baisse la tête, tend le museau vers le sol et se rapaît d'herbes.
Il faut un petit banc pour voir l'étagère du dessus.

Chatouilleux d'épiderme, disai-je... mais son impatience de caractère est si profonde, qu'à l'intérieur de son corps les pièces de son squelette se comportent comme les galets d'un torrent!

Vue par l'abside, la plus haute nef animale à l'écurie...

Grand saint! grand horse! vue de derrière dans l'écurie...

Quel est ce splendide derrière de courtisane qui m'accueille? monté sur des jambes fines, de hauts talons?
Haute volaille aux oeufs d'or, curieusement tondue.

É também por isso que o nobre animal, que só se alimenta de ar e de mato, só produz uns brioches de palha e peidos tonitroantes e perfumados.

O que foi que eu disse? Só se alimenta de ar? Ele se inebria. Aspira, funga, bufa no ar.

Se precipita no ar, sacode a crina, dá coices para trás.
O que ele quer é, visivelmente, levantar vôo.
A corrida das nuvens o inspira, o emula até a irritação.
E ele imita: se despenteia, em zigue-zague...
Quando estala o raio do chicote, o galope das nuvens se precipita e a chuva pisoteia o chão...

Vem do fundo do parque, fogoso hipersensível armário, de redonda lupa bem encausticada!
Belo e grande console de estilo!
De ébano ou de acaju encausticado.
Tentem acariciar o pescoço desse armário, ei-lo de repente absorto.
Pano de pó na boca, espanador no traseiro, chaves na fechadura do focinho.
A pele pele toda arrepiada, ele aguenta as moscas com impaciência, o tamanco martelando no chão.
Baixa a cabeça, estica o focinho até o chão e se regala de capim.
Só mesmo subindo num banquinho para ver a prateleira de cima.

Ele tem cócegas, eu dizia... mas sua impaciência de caráter é tão profunda que, no interior do corpo, as peças do esqueleto se comportam como seixos na torrente!

Visto da abside, a mais alta nave animal na estrebaria...

Grande santo! grande horse! belo olhando por trás por trás na estrebaria...

E com que esplêndido traseiro de cortesã me acolhe! Em cima de pernas finas e de saltos altos!
Comprida ave de ovos de ouro, curiosamente tosquiada.

Ah! c' est l'odeur de l'or qui me saute à la face!
Cuir et crottin mêlés.
L'omelette à la forte odeur, de la poule aux oeufs d'or.
L'omelette à la paille, à la terre: au rhum de ton urine, jaillie par la fente sous ton crin...
Comme, sortant du four, sur le plateau du patissier, les brioches, les mille-pailles-au-rhum de l'écurie.
Gran saint, tes yeux de juive, sournois, sous le harnais...

Une sorte de saint, d'humble moine en oraison, dans la penombre.

Que dis-je un moine?... Non! sur sa litière excrémentielle, un pontife! un pape - qui montrerait d'abord, à tout venant, un splendide derrière de courtisane, en couer épanoui, sur des jambes nerveuses élégament terminées vers le bas par des sabots très hauts de talon.

POURQUOI CE CLIQUETIS DE GOURMETTES?
CES COUPS SOURDS DANS LA CLOISON?
QUE SE PASSE-T-IL DANS CE BOX?
PONTIFE EN ORAISON?
OU POTACHE EN RETENUE?

GRAND SAINT! GRAND HORSE (HORSE OU HÉROS?), BEAU DE DERRIÈRE À L'ÉCURIE,
POURQUOI, SAINT MOINE, T'ES-TU CULOTTÉ DE CUIR?

DÉRANGÉ DANS SA MESSE, IL TOURNE VERS NOUS DES YEUX DE JUIVE...

Pièces, *1961.*

Ah! é o cheiro do ouro que me jogam na cara!
Couro e cocô misturados.
A omelete cheira forte, da galinha de ovos de ouro.
A omelete de palha, de terra: regada com o rum da tua urina, que jorra pela fenda sob a crina...
Assim como, saindo do forno para as bandejas do confeiteiro, brioches, as mil-palhas-ao-rum da estrebaria.
Grande santo, teus olhos de judia, sorrateiros sob o arreio...

Espécie de santo, de monge humilde orando na penumbra.

O que foi que eu disse, monge?... Não! em sua liteira excremencial, um pontífice! Um papa - mostrando primeiro a quem vier um esplêndido derrière de cortesã, em forma de coração, em cima de pernas nervosas que elegantemente acabam mais embaixo em tamancos de salto bem alto.

POR QUE ESSE TINIDO DE BARBELA?
ESSES GOLPES SURDOS NA CERCA?
O QUE ESTÁ ACONTECENDO NESSE BOX?
É UM PONTÍFICE ORANDO?
OU SÓ UM ALUNO COMPORTADO?

GRANDE SANTO! GRANDE HORSE (HORSE OU HERÓI?),
DE BELO TRASEIRO NA ESTREBARIA,
POR QUE, MONGE SANTO, SE EMPINAR VESTIDO ASSIM
DE COURO?

ATRAPALHADO EM SUA MISSA, ELE NOS OLHA COM SEUS
OLHOS DE JUDIA...

LA GRENOUILLE

Lorsque la pluie en courtes aiguillettes rebondit aux prés saturés, une naine amphibie, une Ophélie manchote, grosse à peine comme le poing, jaillit parfois sous le pas du poète et se jette au prochain étang.

Laissons fuir la nerveuse. Elle a de jolies jambes. Tout son corps est ganté de peau imperméable . À peine viande ses muscles longs sont d'une élégance ni chair ni poisson. Mais pour quitter les doigts la vertu du fluide s'allie chez elle aux efforts du vivant. Goitreuse, elle halète... Et ce coeur qui bat gros, ces paupières ridées, cette bouche hagarde m'apitoyent à la lâcher.

Pièces, *1961.*

A RÃ

Quando a chuva em agulhinhas curtas rebate na relva encharcada, uma anã anfíbia, uma Ofélia desengonçada, do tamanho de um punho, dispara às vezes por sob os passos do poeta. Deixemos fugir a nervosinha. A de graciosas gâmbias. Todo o seu corpo é uma luva de pele impermeável. De pouca gordura, os músculos compridos são de uma elegância nem carne nem peixe. Mas, para nos escorregar entre os dedos, a virtude do fluido alia-se, no seu caso, aos esforços do ser vivente. Papuda, ela perde o fôlego... E o coração que bate forte, as pálpebras enrugadas, a boca assustada me dão pena e eu solto a coitadinha.

LE PLATANE

*Tu borderas toujours notre avenue française pour ta simple
membrure et ce tronc clair, qui se départit séchement de la platitude
des écorces,*
*Pour la trémulation virile de tes feuilles en haute lutte au ciel à
mains plates plus larges d'autant que tu fus tronqué,*
*Pour ces pompons aussi, ô de très vieille race, que tu prépares à bout
de branches pour le rapt du vent,*
*Tels qu'ils peuvent tomber sur la route poudreuse ou les tuiles d'une
maison... Tranquille à ton devoir tu ne t'en émeus point:*

*Tu ne peux les guider mais en émets assez pour qu'un seul succédant
vaille au fier Languedoc*
À perpetuité l'ombrage du platane.

Pièces, *1961.*

O PLÁTANO

Para sempre margearás nossa avenida francesa, simplesmente por
que és membrudo e porque tens esse tronco claro, que seco se despoja
da rasura de tua casca,
Pela tremulação viril de tuas folhas em luta ferrenha no céu, as mãos
rasas tão mais amplas quanto fostes truncado,
Por esses pompons também, é, de velhíssima raça, que para o rapto
do vento preparas,
Tão bem preparados que vão cair sobre a estrada empoeirada ou as
telhas de uma casa...Tranqüilo no cumprimento do dever não te
desarvoras com isso:

Se não os podes direcionar, te arvoras o bastante para que um só
sucedâneo deles valha o orgulhoso Languedoc
Para todo o sempre a sombra do plátano.

LE LILAS

à Eugène de Kermadec*

Par les inflorescences que voilà, juge un peu de l'émotion de l'arbuste lors de son ébranchement annuel.
Il y a chimie du rose au bleu, effervescence et profusion violâtre dans les éprouvettes en papier-filtre du lilas.
Une goutte de la grappe en fusion parfois se détache, mais quelle fantaisie alors dans sa chute! C'est l'abeille, avec des conséquences brûlantes pour l'expérimentateur.

J'en demande pardon aux jeunes gens, qui le voient sans doute d'un autre oeil: le printemps quant à moi, passé la quarantième, m'apparaît comme un phénomène congestif, d'aspect plutôt répugnant, comme un visage d'apoplectique, par ce côté (au moins) violacé, gémissant, musicien qu'il comporte.
Les manifestations végétales, florales, et ces trilles du rossignol qui s'y subrogent la nuit: je suis plutôt content d'être moins expansif! Ce déballage de boutons, de varices, d'hémorroïdes me dégoute un peu.
Voyons à présent le lilas double ou triple:
Par l'opiniâtreté d'une cohésion naturelle aux essaims d'inflorescences que voilà, juge un peu, vois, sens donc et lis là un peu de l'ébranlement, de la riche émotion que ressent et procure non seulement à son bourreau l'arbuste lors de son ébranchement annuel.
Il y a chimie du rose au bleu, efflorvescence et proconfusion violâtre dans les éprouvettes en papier-filtre, les bouquets formés d'une quantité de tendres clous de girofle mauves ou bleus du lilas.

---

*) Ponge é amigo do artista plástico Kermadec, que começa a freqüentar no mesmo momento em que se liga aos pintores da Escola de Paris.

O LILÁS

A Eugène de Kermadec

Pelas inflorescências que aí estão, pensa um pouco na emoção do arbusto quando de sua muda anual.
Há química do rosa para o azul, efervescência e profusão violácea nas provetas de papel-filtro do lilás.
Uma gota do cacho em fusão por vezes se desprende, e aí, que fantástica queda! É a abelha, de conseqüências candentes para o pesquisador.

Peço desculpas aos mais moços, que com certeza vêem a coisa de outro jeito: a primavera para mim, depois dos quarenta, mais parece um fenômeno congestivo, de aspecto antes repugnante, como um rosto de apoplético, por esse lado (no mínimo) arroxeado, gemente, músico que ele comporta.
As manifestações vegetais, florais, e esses trinados do rouxinol que as sub-rogam de noite: prefiro ser menos expansivo! Esse descarrego de botões, de varizes, de hemorróidas me enjôa um pouco.
Mas vamos ao lilás dobrado ou triplo:
Pela pertinácia de uma coesão natural aos enxames de inflorescências que aí estão, pensa um pouco, olha, sente, e lê lá no lilás um pouco da rica emoção que sente e produz não só em seu carrasco o arbusto, quando da muda anual.
Há química do rosa para o azul, eflorvescência e proconfusão violácia nas provetas de papel-filtro, buquês formados de certa quantidade de tenros cravos da índia cor malva ou azul do lilás.

Filtre, dis-je... Si bien qu'une goutte de la grappe en fusion parfois se détache, comme du point d'exclamation le point: mais quelle fantaisie alors dans sa chute! C'est l'abeille, avec des conséquences brûlantes pour l'expérimentateur.

Vraiment, peut-on lui souhaiter dès lors autre chose que l'ef-fleurement? Après quoi, nous pourrons ne l'employer plus que comme adjectif; ainsi:
"Lilas encore aux fleurs succède à profusion le ciel à travers les feuilles de l'arbuste de ce nom."
Ce qui peut être la meilleure façon, j'imagine, de passer tout ce qui précède au bleu.

Pièces, *1961.*

Eu dizia filtro... E é assim que uma gota do cacho em fusão por vezes se desprende, como do ponto de exlamação, o ponto: e aí, que fantástica queda! É a abelha, de conseqüências candentes para o pesquisador.

Realmente, poderíamos desejar-lhe, então, mais que o a-floramento? Depois do quê, podemos empregá-lo só como adjetivo, assim: "Lilás ainda às flores sucede em profusão o céu através do arbusto do mesmo nome."
O que pode ser o melhor jeito, imagino, de deixar tudo no tinteiro.

LA FORME DU MONDE

*Il faut d'abord que j'avoue une tentation absolument charmante,
longue, caractéristique, irrésistible pour mon esprit.*

*C'est de donner au monde, à l'ensemble des choses que je vois ou que je
conçois pour la vue, non pas comme le font la plupart des philosophes et
comme il est sans doute raisonnable, la forme d'une grande sphère, d'une
grande perle, molle et nebuleuse, comme brumeuse, ou au contraire cristalline
et limpide, dont comme l'a dit l'un deux le centre serait partout et la
circonférence nulle part, ni non plus d'une "géométrie dans l'espace", d'un
incommesurable damier, ou d'une ruche aux innombrables alvéoles tour à
tour vivantes et habitées, ou mortes et désaffectées, comme certaines églises
sont devenues des granges ou des remises, comme certaines coquilles autrefois
attenues à un corps mouvant et volontaire de mollusque, flottent vidées par
la mort, et n'hebergent plus que de l'eau et un peu de fin gravier jusqu'au
moment où un bernard-l'hermite les choisira por habitacle et s'y collera par
la queue, ni même d'un immense corps de la même nature que le corps
humain, ainsi qu'on pourrait encore l'imaginer en considérant dans les
systèmes planétaires l'équivalent des systèmes moléculaires et en rapprochant
le télescopique du microscopique.*

*Mais plutôt d'une façon tout arbitraire et tour à tour, la forme des
choses les plus particulières, les plus asymétriques et de réputation
contingentes (et non pas seulement la forme mais toutes les
caractéristiques, les particularités de couleurs, de parfums), comme
par exemple une branche de lilas, une crevette dans l'aquarium naturel
des roches au bout du môle du Grau-du-Roi, une serviette-éponge
dans ma salle de bains, un trou de serrure avec une clef dedans.*

*Et à bon droit sans doute peut-on s'en moquer ou m'en demander
compte aux asiles, mais j'y trouve tout mon bonheur".*

"Natare piscem doces"/Proêmes *(1948), 1928.*

A FORMA DO MUNDO

Preciso, antes de mais nada, confessar uma tentação absolutamente atraente, duradoura, característica, irresistível para meu espírito. É dar ao mundo, ao conjunto das coisas que vejo ou concebo ver, não como a maior parte dos filósofos, e como é certamente razoável, a forma de uma grande esfera, de uma grande pérola, mole e nebulosa, como que brumosa, ou ao contrário cristalina e límpida, cujo centro, como disse um deles, estaria em toda parte, e a circunferência, em nenhuma, nem tampouco a de uma "geometria no espaço", um incomensurável tabuleiro, ou colmeia de inumeráveis alvéolos, ou vivos e habitados, ou mortos e despejados, como certas igrejas se tornaram granjas ou coutos, como certas conchas outrora afetas a um corpo movente e voluntário de molusco flutuam esvaziadas pela morte e agora só hospedam água e um pouco de fino cascalho, até que um bernardo-eremita as tome por morada e meta dentro a cauda, nem mesmo a de um imenso corpo da mesma natureza que o corpo humano, tal como o continuássemos a imaginar considerando nos sistemas planetários o equivalente dos sistemas moleculares e aproximando o telescópico do microscópico.

E sim, de modo completamente arbitrário, seja a forma das coisas mais particulares, seja a das mais assimétricas e reputadamente contingentes (e não apenas a forma, mas todas as características, as particularidades de cores, de perfumes), como, por exemplo, um ramo de lilases, um camarão no aquário natural do molhe de Grau-du-Roi, uma toalha felpuda no meu banheiro, um buraco de fechadura com uma chave dentro.

E é com toda a razão, sem dúvida, que alguns vão rir de mim ou querer me ver no hospício, mas é assim que eu sou feliz.

L'HERBE

Qu'y a-t-il en nous de pareil aux herbes?
Fines et nues, toujours d'humeur froide,
Froides e unes,
Non pas mille grâces mais mille herbes,

D'attitude très naturelle.
Contentes sur place,
Sûres de l'ancienneté de leur décoration,
Elles assistent au boeuf.

Lyres, *1961.*

A GRAMA

Que pode haver em nós de semelhante à grama?
Fina e nua, sempre de cabeça fria,
Fria e una,
Não de graças mil, mas miligramas,

A atitude é natural.
Bem contente em seu canto,
Certa da antigüidade da decoração,
Ela assiste ao boi.

LA CREVETTE DANS TOUS SES ÉTATS

LA CREVETTE DIX FOIS (POUR UNE) SOMMÉE

...C'est alors que du fond du chaos liquide et d'une épaisseur de pur qui se distingue toutefois mais assez mal de l'encre, parfois j'ai observé qui monte un petit signe d'intérrogation farouche.

Ce petit monstre de circonspetion, tapi tantôt d'aguets aux chambranles des portes du sous-marin séjour, que veut-il, où va-t-il?

Arqué comme un petit doigt connaisseur, flacon, bibelot translucide, capricieuse nef qui tient du capricorne, châssis vitreux grée d'une antenne hypersensible et pleine d'égards, salle de fêtes, des glaces, sanatorium, ascenseur, — arqué, capon, à l'abdomen vitreux, habillé d'une robe à traîne terminée par des palettes ou basques poilues — il procède par bonds. Mon ami, tu as trop d'organes de circonspection. Ils te perdront.

Je te comparerai d'abord à la chenille, au ver agile et lustré, puis aux poissons.

À mon sac échapperont mieux ces stupides fuseaux de vitesse qui goûtent, le nez aux algues. Tes organes de circonspection te retiendront dans mon épuisette, si je l'extirpe assez tôt de l'eau - ce milieu interdit aux orifices débouchés de nos sens, ce cuvier naturel —, à moins que bonas par bons rétrogrades (j'allai dire rétroactifs, comme ceux du point d'intérrogation), tu ne rentres aux spacieuses soupentes où se réalise l'assomption, dans les fonds non mémorables, dans les hauteurs du songe, du petit ludion connaisseur qui caracole, poussé par quelle instigation confuse...

La crevette, de la taille ordinaire d'un bibelot, a une consistance à

O CAMARÃO À TODA

O CAMARÃO DEZ VEZES (UM) MULTIPLICADO

É então que, do fundo do líqüido caos e de um espesso puro que se distingue, mas não muito, da tinta, me ocorre às vezes ver subindo um pequeno ponto de interrogação arisco.

Pequeno monstro de cirscunspeção, bancando de repente o vigia no batente das portas da submarina morada, o que será que ele quer, onde será que ele vai?

Arqueado como um dedinho que sabe se portar, frasco, bibelô translúcido, caprichosa nave da família do capricórnio, de chassi vidrado contemplada com uma antena hipersensível e ultra-atenciosa, salão de festa, sala dos espelhos, sanatório, elevador —, curvo, malandro, de barriga vidrada, com um vestido que termina em cauda de paletas ou pontas peludas — ele procede por saltos. Amigo, você tem órgãos demais de circunspeção. Eles ainda vão te pôr a perder. Haverei de te comparar, primeiro, com a lagarta, ágil e lustroso verme, depois com o peixe.

Da minha rede podem tranqüilamente escapulir esses estúpidos moluscos rapidinhos que degustam, o nariz enfiado nas águas. Já teus órgãos de circunspeção vão te prender dentro dela, se eu a extirpar bem depressa da água — essa ambiência proibida para os orifícios destapados de nossos sentidos, essa cuba natural — a menos que, evoluindo por saltos retrógrados (quase que eu ia dizendo retroativos, como os do ponto de interrogação), você não enverede pelos espaçosos desvãos em que se realiza a subida, nos fundos não memoráveis, nas alturas de sonho, do pequeno ludião entendido que caracola, movido por tão confusa instigação...

O camarão, do tamanho de um bibelô ordinário, tem uma consistência

peine inférieure à celle de l'ongle. Elle pratique l'art de vivre en suspension dans la pire confusion marine aux creux des roches.

Comme un guerrier sur son chemin de Damas, que le scepticisme tout à coup foudroie, elle vit au milieu du fouillis de ses armes, ramollies, transformées en organes de cirsconspection.

La tête sous un heaume soudé au thorax, abondamment greéé d'antennes et de palpes d'une finesse extravagante...Douée d'un pouvoir prompt, siégeant dans la queue, d'une rupture de chiens à tout propos,

Tantôt tapie d'aguets aux chambranles des portes des sous-marins séjours, à peu près immobile comme un lustre, par bons vifs, saccadés, successifs, rétrogrades suivis de lents retours, elle échappe à la ruée en ligne droite des gueules dévoratrices, ainsi qu'à toute contemplation un peu longue, à toute possession ideále un peu satisfaisante.

Rien au premier abord ne peut en être saisi sinon cette façon de s'enfuir particulière, qui la rend pareille à quelque hallucination bénigne de la vue...

Extrato de Pièces, *1961.*

pouco inferior à da unha. Ele pratica a arte de viver em suspenso na pior confusão marinha, no vão das rochas.

Como um guerreiro em seu caminho para Damasco, bruscamente fulminado pelo ceticismo, vive no meio da trapalhada de suas armas, amolecidas feito órgãos de introspecção.

A cabeça debaixo de um elmo soldado no tórax, abundantemente servida de antenas e barbilhões de uma fineza extravagante... Dotado do lépido poder, sediado na cauda, de mudar de assunto, sem mais aquela,

Bancando de repente o vigia no batente das portas das submarinas moradas, mais ou menos imóvel como um lustre, por saltos vivazes, sincopados, sucessivos, retrógrados, seguidos de lentas retomadas, escapa da investida direta das goelas devoradoras, como ainda de toda e qualquer contemplação um pouco mais detida, de qualquer tomada de posse um pouco mais satisfatória.

Nada, à primeira vista, de tangível a não ser essa maneira particular de empreender a fuga, que faz com que pareça com alguma alucinação benigna da vista...

*Francis Ponge em sua casa.
Paris, 20 de abril de 1983
(foto de Jean-François Bory).*

Francis Ponge em Bar-sur-Loup, junho de 1984.

REFERÊNCIAS BIBLIOGRÁFICAS

Francis Ponge

Douze petits écrits (1926), *Le parti pris des choses* (1942) e
Proêmes (1948) são citados a partir da edição Poésie, Gallimard
de 1967.
Lyres, Méthodes, Pièces, todas reuniões de 1961, são citados a
partir do Grand Recueil da Gallimard, v. I, II, III, desse mesmo
ano.
La rage de l'expression (1952). Paris: Gallimard, 1965.
Pour un malherbe. Paris: Poésie, Gallimard, 1965.
Le peintre à l'étude. Paris: Gallimard, 1965.
Le savon. Paris: Gallimard, 1967.
Comment une figue de paroles et pourquoi. Paris: Digraphe-
Flammarion, 1977.
La fabrique du pré, Genève: Albert Skira, 1971.

Crítica

Barbara Cassin, "Consenso e criação de valores - O que é um elogio",
Barbara Cassin, Nicole Loreaux, Catherine Peschanski (org.).
Gregos, bárbaros e estrangeiros - A cidade e seus outros. Rio de
Janeiro: Editora 34, 1993.
Bernard Beugnot, *Poétique de Francis Ponge - Le palais diaphane*.
Paris: PUF, 1990.
Bernard Beugnot, "Introduction", *Oeuvres complètes*, I. Paris:
Gallimard-Pléiade, 1999.
Bernard Veck, *Francis Ponge ou le refus de l'absolu littéraire*. Liège:
Mardaga, 1993.

Francis Ponge - Philippe Sollers, *Entretiens avec Philippe Sollers*. Paris: Seuil/Gallimard, 1970.

Gérard Genette, "Le Parti pris des mots", *Mimologiques - Voyage en Cratylie*. Paris: Seuil: 1976.

Haroldo de Campos, "A aranha e sua teia" e "A retórica da aranha", *O arco-íris branco*. Rio de Janeiro: Imago, 1997.

Henry Maldiney, *Le Legs des choses dans l'oeuvre de Francis Ponge*. Lausanne: Éditions l'Âge d'homme, 1974.

Italo Calvino, "Francis Ponge", *Por que ler os clássicos*. São Paulo: Companhia das Letras, 1995.

Jacques Derrida, *Signéponge*. Paris: Seuil, 1988.

Jacques Réda, "En épelant - Francis Ponge", *La sauvette*. Paris: Éditions Verdier, 1995.

Jean-Pierre Richard, "Francis Ponge", *Onze études sur la poésie moderne*. Paris: Seuil, 1964.

Marcel Spada, *Francis Ponge*. Paris: Éditions Seghers, Col. Poètes d'aujourd'hui, 1974.

Philippe Bonnefis e Pierre Oster (org.). "Ponge, inventeur et classique". *Colloque de Cerisy*. Paris: Union générale d'éditions, 1977.

Fontes

O Objeto na ponta da língua. Uma primeira versão deste ensaio foi publicada, na Revista USP, n. 1, março-abril-maio de 1989.

Sem poesia não há realidade e vice-versa. Com modificações, este é o texto de apresentação de minha tradução de *Métodos*. Rio de Janeiro: Imago, 1997.

Quando eu digo que... quero dizer... ou melhor. Ensaio inserido em Michel Perterson (org.), *Francis Ponge - L'établi du texte*. Paris: Les Lettres Modernes, 1999.

As traduções de "A aranha" e "O cavalo", aqui ligeiramente modificadas, foram publicadas, respectivamente, no Caderno "Folhinha" da *Folha de S. Paulo*, de 21 de fevereiro de 1997 e no rodapé de minha tradução da conferência "A prática da literatura", no volume *Métodos* da Editora Imago, já que Ponge alude no texto a esse poema.

As traduções de "Le platane", "La forme du monde, "L'herbe", "La crevette dans tous ses états" são, até onde eu sei, inéditas em português do Brasil.

Agradeço a permissão para a reprodução gentilmente cedida pela Editora Imago.

BIOGRAFIA MÍNIMA

Francis Ponge nasceu em Montpellier, no sul da França, em 27 de março de 1899. Com 10 anos, vai com a família para Caen, na Normandia, esse "contrário da Provence", como dirá. Mas antes disso, vive em Nîmes, a terra que realmente reivindica.

Incapaz de falar em público ou sob emoção, tornaram-se famosos, entre os conhecedores do poeta, os episódios de 1917 e 1919, quando, afásico diante das bancas examinadoras, ele é reprovado no exame final na Faculdade de Filsofia e, em seguida, com 20 anos, no concurso para a École Normale Supérieure. A graduação será, finalmente, em Direito. E as muitas conferências que acabará fazendo, mais tarde, dentro e fora da França, serão uma maneira de contornar o bloqueio, flagrantemente poético, tematizando-o diante dos auditórios.

Os primeiros textos publicados são do decênio de 20, quando trabalha, como ilustre desconhecido entre poetas ilustres (o que não deixa de lembrar Borges em sua biblioteca Miguel Cané), para a Editora Gallimard. Onde nem Jacques Rivière nem Jean Paulhan encontram jeito de acomodá-lo às práticas instaladas da Nouvelle Revue Française. Ponge trabalhará ainda, modestamente, na Hachette e será professor na Alliance Française. É aliás ali que Philippe Sollers, um *enfant terrible* feito para descobrir um falante de língua estranha, virá ouvi-lo, nos anos 60, ao lançar *Tel Quel*.

Morte do pai, escritor ocasional e seu primeiro leitor, em 1923. Aproximação, apenas ideológica, do movimento surrealista no final dos anos 20. Nos 30, atividades de sindicalista, enquanto empregado da Hachette, e adesão ao Partido Comunista francês, de que se desligará discretamente, não renovando a inscrição, em 1947, desde quando cessam por completo as incursões políticas. Mas antes disso, nos 40, importante colaboração com a Resistência, de que é agente no sul, onde recebe e abriga militantes. Nesse período difícil, em que trava relações com Camus e Sartre, escreve os textos de gênero indecidível que entrarão depois em *La rage de l'expression*.

A freqüentação dos artistas da Escola de Paris — Picasso, Braque, Giacometti, Fautrier, Charbonnier, Dubuffet (há um retrato do artista por Dubuffet) —, que lhe valerá seus *salons* de *L'atelier contemporain* (1977) e o volume *Lyres* (1961), de estranho nome para o seu assunto, começa no pós-guerra. *Le parti pris des choses*, recepcionado por Sartre, sai em 1942. *La rage de l'expression*, em 1952, quatro anos depois de *Proêmes* (1948). De maneira geral, todo esse período, ao longo do qual o poeta reside em Belleville, bairro de imigrantes ao norte de Paris, é de enorme pobreza. Ponge chega então a vender livros de sua biblioteca e quadros dos artistas com quem circula e sobre os quais, a exemplo de Baudelaire, escreve. A situação modifica-se ligeiramente no começo dos anos 60, quando de uma primeira organização da obra, num Grand Recueil, em três tomos, onde entram *Méthodes*, com suas conferências, *Pièces* e *Lyres*. Mas festejado, pouco depois, pelo grupo *Tel Quel*, o poeta logo se mostra avesso ao barulho ali reinante.

Ponge morre em seu retiro provençal, em Bar-sur-Loup, nos Alpes Marítimos, no sul mediterrâneo, para onde não terá cessado de retornar, ao longo de sua obra, em agosto de 1988.

SOBRE A AUTORA

Leda Tenório da Motta é mestre e doutora em literatura francesa e professora na Pós-Graduação em Comunicação e Semiótica da PUC/SP. Autora de inúmeros trabalhos em coletâneas, cadernos culturais e revistas especializadas, no Brasil e no exterior, publicou os volumes de ensaios *Catedral em obras* (Iluminuras, 1995) e *Lições de literatura francesa* (Imago, 1997). Publicou também a tradução de *Métodos* (Imago, 1997), o primeiro livro de Ponge a sair no Brasil. É ainda tradutora das *Máximas* e *Reflexões morais de la Rochefoucauld*, do *Spleen de Paris* de Baudelaire e de *A acompanhante de Nina Berberova*.

Este livro terminou
de ser impresso no dia
14 de março de 2000
nas oficinas do
Centro de Estudos Vida e
Consciência Editora Ltda.,
em São Paulo, São Paulo.